Die Zukunft hat viele Gesichter, welches sich uns zuwendet fühlen wir dann; wenn es uns berührt.

Framtiden har många ansikten, vilket ansikte vänder sig till oss vi känner när det ser på oss.

Dietmar dressel

In Liebe für Barbara, Alexandra, Kai, Timon, Nele und Isabelle.

Dietmar Dressel

Dagar som förändrar våra liv

Berättelser

Svenska och Deutsch

För att kunna handla i kärlek måste man gå en svår väg.

Genom det som ständigt driver honom och vad han alltid vill,
utan att verkligen behöva göra det, blir människan
i slutändan vad och hur han är.

Dietmar Dressel

Till boken

Berättelserna i den här boken är fiktiva. De glada och äventyrliga handlingarna och de enskilda huvudpersonernas djupt sorgliga upplevelser är en blandning av möjliga upplevelser från vår tids vardag.

De olika händelserna är en ögonblicksbild som i djupet av det som upplevts leder människor till gränsen för sin fysiska och psykiska motståndskraft. Som det verkliga livet i vardagen.

Bibliografische Information der Deutschen Nationalbibliothek.
Die Deutsche Nationalbibliothek verzeichnet diese Publikation in der
Deutschen Nationalbibliografie;
detaillierte bibliografische Daten sind im Internet über http://dnb.d-nb.de
abrufbar.

Översättning från tyska - Dietmar Dressel

Copyright © 2021 Dietmar Dressel-Autor

Herstellung und Verlag: BoD - Books on Demand, Norderstedt
Alle Rechte vorbehalten. Das Werk darf, auch teilweise nur mit Genehmigung des
Verlages wiedergegeben werden.
Gestaltung: Alexandra und Barbara Dressel
Layout: Kai Hintzer
Foto: Barbara Dressel
Printed in Germany
ISBN 9 783752 666441

Inhalt

Der Autor ist kein neuer Goethe und auch kein Thomas Mann. Zum Glück, denn das macht ihn so glaubwürdig.

Ich kann nicht sagen, ob Dietmar Dressel hier als Autobiograph zum Leser spricht, oder reine Fiktionen zum Besten gibt. So nah er dem Leser jedoch mit seinen Erzählungen kommt, denke ich, dass eine starke persönliche Bindung zu den Figuren den Autor beflügelt haben muß.

Die Geschichten sind fröhlich, schön, nachdenklich und tief traurig. So wie das Leben eben ist, eine wilde Achterbahnfahrt der Gefühle. Ankunft und Abschied sind zentrale Themen des Buches. Momentaufnahmen die glücklich machen, zum geistigen Verweilen einladen und lange, lange nachhallen.

Das Buch bildet nicht, es belehrt nicht. Dressel ist kein Autor, der uns etwas aufzeigen will. Er ist nicht schulmeisternd sondern er berührt. Mein Leben hat sich durch das Buch nicht geändert, aber ich habe vielleicht einige Perspektiven hinzu gewonnen. Was immer Dressel zu diesem Buch bewegt hat müssen intensive Erlebnisse gewesen sein. Ich will jedenfalls mehr lesen von diesem Autor.

Dressels Werk wird sicher kein Buch sein, von dem man einst sagen wird: "Was vom Jahrhundert übrig blieb". Ihm fehlt das provozierende eines Grass, das Geschwafel eines Thomas Mann, das Präpotente eines Mario Barth. Und ein Zauberlehrling kommt auch nicht darin vor. Und dennoch bin ich mir sicher, das hier ein großer Autor gerade sein Talent entdeckt.

Presskommentar av Michel Friedman den 16 april 2012
Advokat, politiker, publicist och TV-presentatör

Författaren är varken en ny Goethe eller en Thomas Mann. Lyckligtvis, för det är det som gör honom så trovärdig.

Jag kan inte säga om Dietmar Dressel talar till läsaren som självbiograf eller om han talar om rena fiktioner. Så nära han kommer till läsaren med sina berättelser tror jag dock att ett starkt personligt band med karaktärerna måste ha inspirerat författaren.

Berättelserna är glada, vackra, omtänksamma och djupt sorgliga. Så som livet är, en vild berg och dalbana med känslor. Ankomst och farväl är centrala teman i boken. Ögonblicksbilder som gör dig lycklig, bjuder in dig att dröja kvar och dröja länge.

Boken utbildar inte, den lär inte ut. Dressel är inte en författare som vill visa oss något. Han är inte en skolmästare men han är rörande. Boken har inte förändrat mitt liv, men jag kan ha fått några nya perspektiv. Oavsett vad som fick Dressel att skriva den här boken måste det ha varit intensiva upplevelser. I vilket fall som helst vill jag läsa mer från den här författaren.

Dressels arbete kommer verkligen inte att vara en bok som man en dag kommer att säga: "Vad som var kvar av seklet". Han saknar det provokativa gräset, Thomas Mann, Mario Barths prepotent. Inte heller visas en trollkarlärling i den. Och ändå är jag säker på att en stor författare bara upptäcker sin talang här.

Ein Kind aus dem eigenen Bauch zu holen ist ebenso schön wie ein Zauberstück!

Att ta ett barn ur din egen mage är lika vackert som en magisk bit!

Simone de Beauvoir

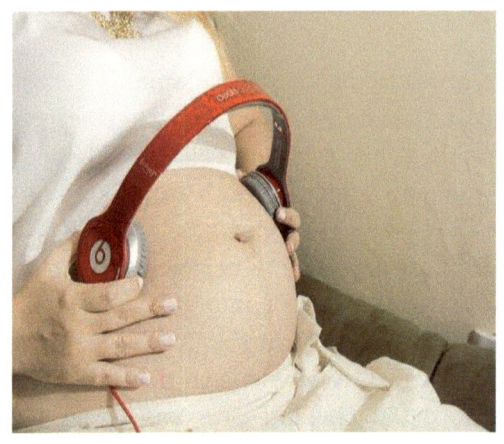

Drei Dinge sind uns aus dem Paradies geblieben: die Sterne der Nacht, die Blumen des Tages und die Augen der Kinder.

Tre saker har förblivit från paradiset: nattens stjärnor, dagens blommor och barnens ögon.

Alighieri Dante

Ich verlasse meine kleine Welt

Noch bevor ich dich in meinem Bauch wachsen fühlte, habe ich dich in meinen Gedanken gesehen und berührt. Noch bevor du aus meinem Schoß kamst, habe ich dich mit jedem Schlag meines Herzens gespürt und geliebt.

Dietmar Dressel

Wenn mich die Geräusche aus Mamas Mund nicht sehr täuschen, schläft sie. Ich glaube, Mama schnarcht genüsslich vor sich hin. Sagt jedenfalls mein Papa, wenn Mama solche eigenartigen Laute von sich geben sollte. Ich weiß nämlich, wer mein Papa und meine Mama ist. Wenn sie abends ins Bett schlüpfen unterhalten sie sich manches Mal darüber, wie sie mich angeblich *produziert* haben und was das für einen lustvollen Spaß machte. Besonders, so meinte mein Papa, wenn sie sich beide *bemühten* meine Ohren zu *fertigen*. Wie sie das praktizierten und das alles auch noch lustvoll? Na, ich weiß nicht. Möchte schon mal wissen wollen was da so ablief. Vielleicht hat das was mit Mamas Bett zu tun. Sobald mein Vater abends in besagtes Bett rutscht und sich beide sofort mit und ineinander verwurschtelten, na ich weiß nicht. Ich muss das mal so sagen, weil ich dafür noch keinen anderen Ausdruck in meinem Kopf finden kann.

Papa meinte hie und da, dass das Aussehen der Ohren einer Frau wohl nicht so ganz unwichtig wäre, weil wir Frauen angeblich bei jeder sich bietenden Gelegenheit unsere schönen Kopfhaare mit einer schwungvollen Geste nach hinten werfen und damit unsere Ohren natürlich von jedem Menschen zu sehen sind. Angeblich, so meinte jedenfalls meine Mutter wenn sie mit der Nachbarin über Gott und die Welt redet, soll der Herr im Himmel persönlich aus Lehm und Wasser den Mann erschaffen haben.

Jag lämnar min lilla värld

Redan innan jag kände att du växte i magen såg jag och rörde dig i mitt sinne. Redan innan du går ut När du kom till mitt knä kände och älskade jag dig med varje hjärtslag.

Dietmar Dressel

O m ljudet från min mors mun inte bedrar mig så mycket, sover hon. Jag tror att mamma snarkar med nöje. Det är åtminstone vad min pappa säger om mamma skulle göra så konstiga ljud. För jag vet vem min pappa och min mamma är. När de glider i sängen på kvällen pratar de ibland om hur de förment producerade mig och hur kul det var. Särskilt, sa min pappa, när de båda försökte göra mina öron. Hur övade de det och gjorde allt med glädje? Jag vet inte. Skulle vilja veta vad som hände där. Kanske har det något att göra med mammas säng. Så fort min far gled i sängen på kvällen och båda omedelbart rörde sig med och in i varandra, det vet jag inte. Jag måste uttrycka det så för jag kan inte hitta ett annat uttryck för det i mitt huvud.

Pappa sa här och där att utseendet på en kvinnas öron förmodligen inte skulle vara så obetydligt, för vi kvinnor förmodligen kastar tillbaka vårt vackra huvud med en svepande gest vid varje tillfälle så att våra öron naturligtvis kan ses av alla. Påstås, åtminstone så sa min mamma när hon pratar med grannen om Gud och världen, Herren i himlen sägs ha skapat människan själv ur lera och vatten.

Wir, also wir Frauen, wurden aus einer Rippe dieses von Gott ge-
bastelten Mannes gemacht. Na danke! Bin wirklich neugierig, was
von der so erschaffenen Männerwelt alles noch auf mich zukom-
men wird. Ok, mein Papa ist natürlich eine Ausnahme und zwar
eine goldige davon – versteht sich und ich weiß was ich sage! Un-
abhängig da-von ob jetzt Mama schläft muss ich, was meinen der-
zeitigen Au-fenthaltsort betrifft, also so eine Art gemütliches war-
mes Plansch-becken in Mamas Bauch zugeben, dass ich nicht viel
zu berichten hätte, wenn Mami und Papi nicht ab und zu etwas
Bewegung in die unmittelbare Nähe meines Wohnbereiches brin-
gen würden. Na, Bewegung ist rücksichtsvoll gemeint. In der äuße-
ren Umgebung meiner Eltern und vielleicht auch bei anderen Men-
schen soll es ja derzeit ziemlich ungemütlich sein. Mir ist das ja
nicht einerlei – auch klar. Meinen Eltern soll es ja nicht schlecht
gehen. Bei mir, also in Mamis Bauch, ist es jedenfalls immer schön
mollig warm und für mich ist das wichtig. Natürlich ist es das!
Nicht auszudenken, wenn das ganze Wasser hier bei mir kalt wäre.
Allein schon der Gedanke lässt mich frösteln. Viel Platz zum Her-
umtoben habe ich hier in meiner kleinen Badewanne natürlich
nicht. Ok, warm ist es hier schon, aber halt arg eng. Also, entweder
werde ich in letzter Zeit immer größer, oder Mamas Bauch kommt
mit dem Wachsen nicht mehr nach. Vielleicht mag mir das auch
alles nur so eng vorkommen. Wer weiß? Besser so, als draußen in
dem kalten Wetter frieren müssen.

Mama spricht manchmal mit Papa über das unangenehme Wetter
in den Wintermonaten und dass sie höllisch aufpassen soll, damit
sie mit mir nicht ausrutscht und hinfällt. Das wäre wohl für uns
beide nicht so lustig. Was ist das eigentlich Winter? Na, vermut-
lich werde ich das noch zeitig genug erfahren. Das bringt mich auf
eine echt interessante Frage, die ich schon seit einiger Zeit mit mir
herumschleppe. Ich habe nicht die leiseste Ahnung, wie ich aus
Mamas Bauch herauskommen soll, wenn ich das schon muß! Und
das werde ich wohl müssen.

Vi, vi kvinnor, gjordes av en revben av denna gudgjorda man. Tack! Jag är verkligen nyfiken på vad som kommer att komma från den manliga världen som har skapats på detta sätt. Ok, min pappa är naturligtvis ett undantag och en söt - naturligtvis och jag vet vad jag säger! Oavsett om mamma sover nu, vad gäller min nuvarande vistelseort, måste jag erkänna en slags mysig, varm pool i mammas mage, att jag inte skulle ha mycket att rapportera om mamma och pappa inte var där då och då för att få lite rörelse i den omedelbara närheten av mitt vardagsrum. Tja, rörelse är tänkt att vara hänsynsfull. I mina föräldrars yttre miljö och kanske också med andra människor ska det vara ganska obehagligt just nu. Det är inte samma sak för mig - också klart. Mina föräldrar borde inte vara dåliga. För mig, i Mamis mage, är det alltid trevligt och mysigt och det är viktigt för mig. Så klart det är! Tänk dig om allt vattnet här med mig var kallt. Själva tanken får mig att rysa. Naturligtvis har jag inte mycket utrymme att springa runt här i mitt lilla badkar. Okej, det är varmt här, men det är riktigt snävt. Så antingen har jag blivit större på sistone, eller så kan mammas mage inte följa upp tillväxten. Det kanske verkar så tätt för mig. Vem vet? Bättre på det sättet än att behöva frysa ute i det kalla vädret.

Mamma pratar ibland med pappa om det obehagliga vädret under vintermånaderna och att hon ska vara mycket försiktig så att hon inte glider och faller med mig. Det skulle inte vara så kul för någon av oss. Vad är egentligen vinter? Jag kommer nog att ta reda på det snart. Det leder mig till en riktigt intressant fråga som jag har dragit med mig ett tag. Jag har inte den svagaste tanken på hur jag ska komma ut ur mammas mage när jag måste! Och jag måste.

Ich kann ja nicht die ganze Zeit meines Lebens hier in dieser Badewanne verbringen. Also, das geht be-stimmt nicht. Darüber, wie ich in Mamas Bauch reinkam, möchte ich erst gar nicht nachdenken.

Laute Klingelgeräusche lenken sie plötzlich von ihren Gedanken ab. Ach ja, denkt sie erschrocken, die morgendlichen Weckergeräusche sind nicht mehr zu überhören. Mama muss raus aus ihrem schönen warmen Bett. Oh, damit ich das nicht vergesse zu erwähnen. Meine Mami heißt Brunhilde. Ich will damit ja nur sagen, dass das ihr Rufname ist. Ich rufe sie gedanklich natürlich nicht so, auch klar! Nach der Klingelei mit dem Wecker ist erstmal Frühstück angesagt. Natürlich für uns beide. Danach ist Schlafenszeit. Selbstverständlich nur für mich. Mama wird vermutlich mit ihrer vierrädrigen Krawalleule, Mama sagt Auto dazu, zum Supermarkt fahren. Einkaufen ist angesagt. Ich mag dieses Herumkutschieren mit dem Auto überhaupt nicht. Mama ist dabei immer so schrecklich aufgeregt. Vermutlich wegen der rutschigen Straßen und dem ganzen Verkehr in der Stadt. Mich macht das alles auch wuschig und ängstlich. Vor lauter Sorgen um meine Mama fange ich an wild zu strampeln und dreh einen Purzelbaum nach dem anderen. Natürlich bekommt das meiste Gewühle ihr Bauch ab, wer sonst? Begeistert ist sie jedenfalls nicht davon.

Endlich wieder in unserem warmen Zuhause. Mama ist mit dem Auspacken ihrer Taschen beschäftigt und wird hoffentlich nach der vielen Aufräumerei erstmal ein kleines Nickerchen machen. Es klingelt! Auch das noch. Hoffentlich ist es nicht die Frau Trudberg, unsere Hausnachbarin. Die sitzt und sitzt jedes Mal bei uns in der Küche, als ob sie auf dem Stuhl angekettet wäre. Was sage ich? Kaum öffnet Mama die Haustüre, wälzt sich der dickleibige Körper der Frau Nachbarin durch den Eingang und läuft zum Stuhl in der Küche.

Jag kan inte tillbringa hela tiden av mitt liv här i detta badkar. Det är definitivt inte möjligt. Jag vill inte ens tänka på hur jag kom in i mammas mage.

Höga ringande ljud stör dem plötsligt från deras tankar. Åh ja, tänker hon chockad, ljudet från morgonväckarklockan kan inte längre ignoreras. Mamma måste gå ut ur sin fina varma säng. Åh, så jag glömmer inte att nämna det. Min mamma heter Brunhilde. Jag vill bara säga att det här är hennes smeknamn. Naturligtvis kallar jag dem inte så i mitt sinne, förstås! Efter att ha ringt väckarklockan är frukosten dagens ordning. För oss båda, förstås. Efter det är det läggdags. Bara för mig, förstås. Mamma kommer förmodligen åka till snabbköpet med sin fyrhjulsupploppuggla, säger mamma en bil till den. Shopping är hip. Jag gillar inte det här att köra runt i bilen alls. Mamma är alltid så upphetsad över det. Förmodligen på grund av de hala vägarna och all trafik i staden. Allt får mig att känna mig orolig och orolig. Orolig för min mamma börjar jag sparka vilt och vända den ena saltvatten efter den andra. Naturligtvis går det mesta av röran ur magen, vem mer? I alla fall är hon inte entusiastisk över det.

Äntligen tillbaka i vårt varma hem. Mamma är upptagen med att packa upp sina väskor och hoppas att ta en liten tupplur efter all städningen. Det ringer! Det också. Förhoppningsvis är det inte Frau Trudberg, vår husgranne. Hon sitter och sitter i vårt kök varje gång som om hon var fastkedjad vid stolen. Vad säger jag? Så snart mamma öppnar ytterdörren, rullar grannens hustrus tjocka kropp genom entrén och springer till stolen i köket.

Kaum steht sie davor, lässt sie sich schwerfällig auf den Stuhlsitz fallen und schnauft dabei hörbar nach Luft. An den Geräuschen des Stuhles kann ich erkennen, dass es diesem Sitzmöbel bei dem Gewicht auch nicht so besonders gut ergehen dürfte. Nichts mit der erhofften Schlummerstunde gemeinsam mit meiner Mutter. Na danke und kein Bett. Ich wette, gleich kommt die Frage von Frau Trudberg. „Na, wie geht es denn der lieben kleinen Susan?"

Ach ja, habe ich ganz vergessen zu sagen. Meine Eltern haben für mich den Namen Susan ausgesucht. Ich bin ja ein Mädchen, das weiß ich. Mama und Papa haben das bei einem Arzt erfahren, der mit einem komischen Gerät auf Mamas Bauch eine zeitlang herumwerkelte, nach einer ganz bestimmten Stelle an meinem Körper suchte und wohl auch gefunden hatte. Denn seit dieser Untersuchungsreise nennen sie mich Susan. Egal, Vorname hin oder her. Um nochmals auf meinen Gedanken mit dem – wie kam ich in Mamas Bauch – zu kommen. Also mal ganz ernstlich. Wie kam ich da rein? Vielleicht hat das was mit Papas ungestümen Berührungen an und in Mamas Körper zu tun? Abgeneigt ist sie ja nicht, wenn Papa so richtig loslegt. Das merke ich. Im Gegenteil! Ihr Blut kommt dabei ganz schön in Wallung und ihr Herz hämmert so kräftig, dass mir regelrecht ängstlich wird. Was soll ich in dieser Zeit auch anstellen? Gefragt werde ich ja sowieso nicht, ob mir das passt oder nicht. Was ist, wenn meine Vermutung stimmen sollte? Na, das will ich ja nicht hoffen. Hier in meiner Badewanne, also in Mamas Bauch, ist es für mich allein schon ziemlich eng. Wenn dann noch so eine kleine Susan, also so wie ich, durch das komische Geschmuse von Mama und Papa zu mir kommen sollte?! Na, Schreck lass nach. Das muss ja wirklich nicht sein. Obwohl? Wir könnten dann zu zweit spielen. Das Gesicht von meiner Mama möchte ich da mal sehen, wenn ich mit der anderen Susan in unserer gemeinsamen Badewanne mal so richtig loslegen würde? Ja gut, war ja nur so ein Gedanke.

Så snart hon står framför den, tappar hon kraftigt på stolens stol och hörs hörbart efter luft. Från stolens ljud kan jag säga att dessa sittmöbler inte borde gå så bra med tanke på vikten. Inget med den hoppade på sova timmen tillsammans med min mamma. Tack och ingen säng. Jag slår vad om att Trudbergs fråga kommer snart. "Tja, hur är det kära lilla Susan?"

Åh ja, jag glömde helt att säga. Mina föräldrar valde namnet Susan åt mig. Jag är en tjej, jag vet det. Mamma och pappa fick reda på detta från en läkare, som pratade med en konstig anordning på mammas mage ett tag, letade efter en mycket specifik plats på min kropp och förmodligen hittade den. För sedan den utredningsresan kallar de mig Susan. Oavsett, förnamn eller inte. För att komma tillbaka till mina tankar med - hur kom jag in i mammas mage. Så allvarligt. Hur kom jag in där? Kanske har det något att göra med Papas kraftfulla detaljer på och i mammas kropp? Hon är inte ovillig när pappa verkligen kommer igång. Jag märker det. Tvärtom! Hennes blod blir riktigt pumpande och hennes hjärta slår så hårt att jag blir riktigt rädd. Vad ska jag göra under den här tiden? Jag frågas inte hur som helst om jag gillar det eller inte. Vad händer om min gissning är korrekt? Jag vill inte hoppas det. Här i mitt badkar, i min mammas mage, är det ganska tätt för mig ensam. Vad händer om en annan liten Susan, som jag, skulle komma till mig genom mamma och pappas konstiga smuggling?! Tja, släpp upp chocken. Det behöver verkligen inte vara. Även om? Vi kunde sedan spela parvis. Jag skulle vilja se min mammas ansikte när jag verkligen kommer igång med den andra Susan i vårt delade badkar? Ja, det var bara en tanke.

Irgendetwas zieht mich heute ab und zu nach unten. Es schmerzt nicht - wirklich nicht! Aber ein komisches Gefühl ist es schon. Und überhaupt - unten? Das ist mir bei meiner ganzen Tollerei tatsächlich noch nicht aufgefallen, dass es sowas wie Unten in meiner Badewanne geben sollte. Wenn es mich so in diese Gegend zieht also, ich weiß nicht wie ich das beschreiben soll. Es wird mir dabei unheimlich – echt! Ich verspüre das jedenfalls so. Möchte bloß wissen, was da unten sein soll? In der Nähe von Mamas Herz, also schön weit oben, fühle ich mich besser aufgehoben und mehr Platz habe ich da auch. Und überhaupt – das muss ich schon mal sagen dürfen. Die kräftigen Bewegungen ihres Herzens nehmen mir jede Angst – wirklich! Es ist so, als ob es mir mit jedem Schlag sagen möchte – „Ich mag dich sehr und beschütze dich! Du brauchst dich in meinem Bauch nicht zu fürchten." Auch kommen manchmal so liebevolle und wohltuende Signale zu mir. So als ob sie mir sagen wollen, wie unendlich lieb mich meine Eltern haben und das ich fest in ihren Herzen eingebettet bin.

Da wo es mich jetzt hinzieht, wird es für mich immer enger. Ich werde mich mal bei Mama bemerkbar machen, damit sie nachschaut, was so mit mir geschieht. In diese Richtung, in die es mich hinzieht, will ich nicht. Wüsste auch nicht, was ich da sollte? Irgendwie ist Mama mit anderen Arbeiten beschäftigt und ab und zu weint sie auch. Ich bin sicher, sie hat Schmerzen. Ich fühle das! Ob ich vielleicht daran schuld sein könnte? Möglicherweise liegt das daran, dass es mich so unaufhaltsam nach unten zieht?! Ah, endlich, Papa ist da. Er will sofort mit Mama ins städtische Krankenhaus fahren. Auch das noch! An mir kann das bestimmt nicht liegen. Ich fühle mich prima. Bis auf das eklige Ziehen in dem unteren Bereich meiner Badewanne. Und Mama, soweit ich das fühlen kann, fehlt auch nichts. Obwohl sie ab und zu mal heftig aufschreit und sich den Bauch festhält. Ich fühle ihre Hand, sie ist ganz zittrig. Also ehrlich – ich verstehe das alles nicht mehr. Na Gott sei Dank, nach unten zieht es mich nicht mehr.

Något drar ner mig då och då idag. Det gör inte ont - verkligen inte! Men det är en konstig känsla. Och ändå - nedan? Under hela mitt skott såg jag faktiskt inte att det borde finnas något som Down i mitt badkar. Om jag dras till det här området så vet jag inte hur jag ska beskriva det. Det blir läskigt för mig - verkligen! Åtminstone så känner jag det. Vill du bara veta vad som ska vara där nere? Jag känner mig bättre omhändertagen nära min mammas hjärta, så jag har mer utrymme där. Och hur som helst - jag måste kunna säga det. Hjärtans starka rörelser tar bort all rädsla - verkligen! Det är som om det vid varje stroke vill säga till mig: "Jag gillar dig väldigt mycket och jag skyddar dig! Du behöver inte vara rädd i magen. "Ibland kommer sådana kärleksfulla och fördelaktiga signaler till mig. Som om du vill berätta för mig hur mycket mina föräldrar älskar mig och att jag är fast inbäddad i deras hjärtan.

Där jag dras till nu blir det stramare för mig. Jag ska göra mig känd för mamma så att hon kan se vad som händer med mig. Jag vill inte gå i den här riktningen, i vilken jag dras. Vet du inte vad du ska göra där? På något sätt är mamma upptagen med annat arbete och då och då gråter hon också. Jag är säker på att hon har ont. Jag känner att! Kan det vara mitt fel? Kanske beror det på att jag är så obevekligt dras ner ?! Ah, äntligen, pappa är här. Han vill gå till stadsjukhuset med mamma omedelbart. Det också! Det kan inte bero på mig. Jag mår bra Förutom det motbjudande drag i det nedre området av mitt badkar. Och mamma, såvitt jag kan känna, saknas ingenting heller. Även om hon då och då ropar våldsamt och håller fast i magen. Jag känner hennes hand, den är väldigt skakig. Ärligt talat - jag förstår inte mer. Tack och lov, jag dras inte längre ner.

Jedenfalls im Moment nicht. Das ist für so eine kleine Persönlichkeit wie mich schon komisch. Wie soll sich so ein kleines Mädchen wie ich damit auskennen. Meine Mutter mit Schmerzen auf dem Weg ins Krankenhaus. Ich rauf und runter gezogen in meiner schönen warmen Badewanne. Also, so besonders angenehm ist dieser Tag heute auch nicht. Ich mein ja nur.

Und wieder wird es in Mamis Bauch für mich ziemlich eng. Ich glaube, Mama muss sich hingelegt haben. Immer wenn sie liegt wird es für mich sehr eng in Mamas Bauch. Zum Beispiel: einen Purzelbaum machen, das geht nicht mehr. Besser wäre es, sie würde aufstehen und sich für einen Spaziergang entscheiden. Mamas leichte Laufbewegungen übertragen sich auf ihren Bauch und natürlich auch auf mich. Das ist jedes Mal eine angenehme und wohltuende Schaukelei. Leider, nichts von den schönen Erlebnissen und das Ziehen nach unten fängt auch schon wieder an. Da zerrt doch jemand Unbekanntes an mir herum und will mich unbedingt irgendwohin drücken ohne mich zu fragen, ob ich das überhaupt so möchte? Kaum fange ich an, um mit kräftigen Bewegungen meiner Arme und Beine nach oben zu kommen, drückt mich Mamas Bauch mit kräftigen Bewegungen nach unten. Oh Gott, Mama schreit schon wieder laut vor Schmerzen. Hoffentlich ist Papa in der Nähe und holt einen Arzt zu Hilfe. Mir geht es auch nicht so besonders gut und wenn ich schreien könnte, würde ich es tun. Irgendeine wilde Kraft zieht mich unaufhaltsam nach unten. Ich kann das wirklich nicht aufhalten. Selbst wenn ich es wollte. Und es kommt noch schlimmer. Auf einmal wird es sehr kalt für mich. Mein gemütliches warmes Schwimmbecken verliert sein Wasser. Das gibt's doch nicht! Keine Ahnung wer hier den Stöpsel gezogen hat. Ich jedenfalls nicht. Ohne mein schönes warmes Wasser? Wie soll ich denn in Mamas Bauch wohnen können? Jetzt wird auch noch mein Kopf in diesem finsteren Unten zusammengedrückt. Es schmerzt wirklich sehr. Mehr möchte ich dazu nicht sagen.

Åtminstone inte just nu. Det är roligt för en liten person som jag. Hur ska en liten flicka som jag veta om det. Min mamma hade ont på vägen till sjukhuset. Jag drog upp och ner i mitt härliga varma badkar. Så den här dagen är inte heller så trevlig. Jag menar bara.

Och igen, min mammas mage blir ganska tät. Jag tror att mamma måste ha lagt sig. När hon ligger ner blir min mammas mage väldigt tät. Till exempel: att göra ett salto är inte längre möjligt. Det vore bättre om hon stod upp och bestämde sig för att gå en promenad. Mammas lättlöpande rörelser överförs till magen och naturligtvis till mig. Varje gång är det en trevlig och lugnande gunga. Tyvärr börjar inget av de vackra upplevelserna och neddragningen igen. Någon okänd drar åt mig och vill verkligen pressa mig någonstans utan att fråga mig om jag alls vill göra det? Så snart jag börjar flytta upp med starka rörelser i mina armar och ben, skjuter mammas mage ner med starka rörelser. Åh gud, mamma skriker av smärta igen. Förhoppningsvis kommer pappa att vara där och få en läkare för hjälp. Jag är inte heller så bra, och om jag kunde skrika skulle jag göra det. Någon vild kraft drar mig obevekligt ner. Jag kan verkligen inte stoppa det här. Även om jag ville. Och det blir ännu värre. Plötsligt blir det väldigt kallt för mig. Min mysiga varma pool tappar vatten. Det är omöjligt! Jag har ingen aning om vem som drog ut kontakten här. Det gör jag åtminstone inte. Utan mitt fina varma vatten? Hur ska jag kunna leva i mammas mage? Nu är mitt huvud också klämt i det här mörka under. Det gör verkligen ont mycket. Jag vill inte säga mer.

Nichts von mir kann ich mehr bewegen. Meine Beine und meine Hände sind fest an meinen Körper gepresst und das wilde Ziehen hört auch nicht auf. Muss ich jetzt vielleicht sterben? Ist das der Weg, auf dem es mich hinzieht, der Weg in den Tod? Bitte, bitte lieber Gott, nein! Das wäre furchtbar. Und für meine Mama vielleicht auch? Nein, nein – bitte nicht! Um Gottes willen nein! Warum schreit sie so schrecklich laut? Lieber Gott – bitte, bitte! Wenn schon einer von uns beiden sterben muss, so nimm mich! Bitte, nimm mich! Wie soll Papa ohne Mama leben? Mein kleines Herz krampft sich zusammen und meine Schmerzen werden immer schlimmer. Lang halte ich das bestimmt nicht mehr aus!

Nanu! Plötzlich alles weg! Keine Qualen schmerzen mich. Mama weint auch nicht mehr und ich kann meinen Kopf, meine Arme und meine Beine wieder bewegen. Dafür wird mir richtig kalt. Hundsgemein kalt. Wenn ich das mal so sagen darf. Um mich herum ist lauter grelles Licht. Es blendet meine Augen. Bin neugierig, was jetzt wohl mit mir geschehen wird? Kräftige Hände halten mich an meinem Rücken und an den Beinen fest. Au! Jetzt haut mir auch noch einer auf meinen Hintern. Also, jetzt reicht's aber! Ich bin doch nur ein kleines Mädchen – geht's noch? Die Angst lässt mich nicht mehr los und quält mich entsetzlich. Ist das die böse Hölle, von der mein Papa manches Mal sprach und wie unheimlich es dort sein soll? Auf einem Mal spüre ich, wie sich etwas Kraftvolles und Lebendiges in meiner kleinen Brust zusammenballt und sich einen Weg nach oben sucht. Mit ganzer Kraft reiße ich meine kleinen Arme hoch, öffne meinen Mund soweit es nur geht und mein lauter gellender Hilfeschrei eilt durch den Raum und sucht sich seinen Weg zu meiner liebsten Mutter – Maaamiii!

Jag kan inte längre röra någonting av mig själv. Mina ben och händer pressas tätt mot min kropp och den vilda dragningen slutar inte heller. Måste jag dö nu? Är det så jag dras, vägen till döden? Snälla, snälla kära Gud, nej! Det skulle vara hemskt. Och kanske för min mamma också? Nej, nej - snälla gör det inte! För Guds skull nej! Varför skriker hon så högt? Kära Gud - snälla, snälla! Om någon av oss måste dö, ta mig! Snälla ta mig! Hur ska pappa leva utan mamma? Mitt lilla hjärtspasmer och min smärta blir bara värre. Jag kommer definitivt inte att kunna ta det länge!

Nanu! Plötsligt är allt borta! Ingen plåga skadar mig. Mamma gråter inte heller heller och jag kan röra mitt huvud, armar och ben igen. Jag blir riktigt kall för det. Mycket kallt som en hund. Om jag får uttrycka det så. Det finns mycket starkt ljus runt mig. Det gör mina ögon blinda. Är nyfiken på vad som kommer att hända med mig nu? Starka händer håller mig hårt på rygg och ben. aj! Nu slår någon också min rumpa. Det är nog! Jag är bara en liten flicka - är det fortfarande möjligt? Rädsla kan inte släppa tag i mig och torterar mig fruktansvärt. Är det det onda helvetet som min pappa talade om och hur skrämmande det ska vara där? Plötsligt känner jag något kraftfullt och levande klämmer i mitt lilla bröst och letar efter en väg uppåt. Med min kraft drar jag upp mina små armar, öppnar munnen så långt jag kan och mitt höga skrik om hjälp rusar genom rummet och söker sig fram till min käraste mamma - Maaamiii!

Die kräftigen Hände, die mich festhalten, legen mich behutsam in die Arme von ihr. Ich spüre ein leichtes Pochen, als ich meine kleine Hand auf ihren Busen lege – Mamas Herzschlag. Er gab mir die ganze Zeit in ihrem warmen Bauch die Liebe, Zuversicht und die Kraft einmal dort zu sein, wo ich jetzt bin.

Papas Lippen auf meiner Stirn und Mamis mollige Wärme – was für ein unendlich glücklicher Tag. Ich werde ihn in meinem ganzen Leben nicht mehr vergessen.

De starka händerna som håller mig tätt sätter mig försiktigt i hennes armar. Jag känner ett lätt dunkande när jag lägger min lilla hand på hennes barm - mammas hjärtslag.

Han gav mig kärleken, förtroendet och styrkan i hennes varma mage hela tiden för att vara där jag är nu. Pappas läppar på pannan och mammas mysiga värme - vilken oändligt glad dag. Jag kommer aldrig att glömma honom under hela mitt liv.

„Ich glaube, dass menschlicher Fortschritt an einem gewissen Punkt von uns verlangt, dass wir aufhören, unsere Mitlebewesen zur Befriedigung unseres körperlichen Verlangens zu töten.

Die Größe und den moralischen Fortschritt einer Nation kann man daran ermessen, wie sie die Tiere behandelt. "

Mahatma Gandhi

"Jag tror att mänskliga framsteg någon gång kräver att vi slutar döda våra medvarelser för att tillfredsställa våra fysiska önskningar. "

"En nations storhet och moraliska framsteg kan mätas utifrån hur den behandlar djur. "

Mahatma Gandhi

Mein Hausschwein Hansi

"Dem Tier gegenüber sind heute alle Völker mehr oder weniger Barbaren.

Es ist unwahr und grotesk, wenn sie ihre vermeintliche hohe Kultur bei jeder Gelegenheit betonen und dabei tagtäglich die scheußlichsten Grausamkeiten an Millionen von wehrlosen Geschöpfen begehen oder doch gleichgültig zulassen. "

Alexander von Humboldt

Ein nasskalter Novemberabend, eingehüllt in einem ungemütlichen Schneeregen, hängt über Mussbach, einem kleinen Dorf am Fuße des Erzgebirges.

Der Winter kündigt sich in diesem Jahr schon zeitig an, hoffentlich wird es morgen besser, denkt Klaus, er kann ja am nächsten Tag ausschlafen.

Da lobe ich mir doch die Bäckerei meiner Eltern. In unserem Haus ist es, dank des großen Backofens, immer gemütlich warm. Egal welches Wetter wir gerade haben. Zugegeben, im Sommer ist es manchmal etwas zu warm im Haus. Aber lieber so, als in der Kälte frieren müssen. Die Heizungsanlage seiner Schule hat den Geist aufgegeben, sagt der Hausmeister und muss vollständig überholt werden. Der Direktor hat für alle Schüler und Schülerinnen der ersten bis vierten Klasse eine Woche schulfrei angeordnet.

Das gleichmäßige Klipp und Klapp aus der Backstube weckt Klaus aus seinem seligen Schlaf. Es ist vier Uhr morgens.

Min tamsvin Hansi

" Idag är alla folk mer eller mindre barbarer än djur. "

"Det är osant och groteskt om de betonar sin förment höga kultur vid varje tillfälle och det varje dag mest hemska grymheter mot miljoner begå försvarslösa varelser eller åtminstone tillåt likgiltig. "

Alexander von Humboldt

En kall, våt novemberkväll, höljd i en obekväm sludd, hänger över Mussbach, en liten by vid foten av Ertsbergen. Vintern tillkännages tidigt i år, förhoppningsvis blir morgon bättre, tror Klaus, han kan sova nästa dag.

Jag berömmer mina föräldrars bageri. Tack vare den stora ugnen är vårt hus alltid mysigt och varmt. Oavsett vilket väder vi har just nu. Visserligen är det ibland lite för varmt i huset på sommaren. Men snarare på det sättet än att behöva frysa i kylan. Värmesystemet i hans skola har gett upp spöket, säger vaktmästaren och behöver en fullständig översyn. Direktören har anordnat en vecka ledig för alla elever i första till fjärde klass.

Det vanliga klippet och klippet från bageriet väcker Klaus från sin lyckliga sömn. Klockan är fyra på morgonen.

Sein Vater schiebt seine ersten sechzig Teigrohlinge für die runden Bauernbrote in den Ofen. Mit dem nicht besonders verlockenden Gedanken, jede Nacht so zeitig aufstehen zu müssen, denkt Klaus, nein! Niemals werde ich so einen Beruf erlernen, ob das meinem Vater gefällt oder nicht. Bei diesen Überlegungen dreht sich Klaus auf die andere Seite und schläft weiter.

Der verlockende Geruch von ofenfrischen Brötchen und der süßliche Duft nach Obstkuchen und Brezeln, wecken Klaus aus dem Schlaf. Nach einem Zwischenstopp für eine kleine Katzenwäsche im Bad, sitzt er am Frühstückstisch zusammen mit seinen Eltern. Dieses gemeinsame Frühstücksritual ist aus seinem Kopf nicht wegzudenken. Seine Mutter wischt ihm mit einem kleinen Lächeln die Zahnpasta vom Mund und meint, „Du kannst dich heute nützlich machen, und mir in der Küche beim Saubermachen helfen. Im Laden musst du die Regale mit den frischen Backwaren nachfüllen, du hast ja schulfrei die nächsten Tage." „Kein Problem, Mama, aber erst kümmere ich mich um unseren Hansi, dem knurrt bestimmt schon lautstark der Magen."

Irgendwie wirken seine Eltern plötzlich so gedrückt, als die Rede auf Hansi kommt. Das kennt Klaus von seinen Eltern nicht. Hansi ist doch nicht etwa krank? Nein, das ist kaum wahrscheinlich, das wüsste er. Na, wurschtegal! Ich gehe erstmal zu Hansi, murmelt Klaus vor sich hin. Schnell stopft er sich die Reste der Marmeladensemmel in den Mund, wischt sich zum Unmut seiner Mutter die Hände an der Hose ab und macht sich auf den Weg zum Stall.

Zu seinen täglichen Pflichten gehört es, Hansi, das Hausschwein der Familie und sein Freund mit Futter zu versorgen. Seine Eltern schenkten ihm Hansi, den Namen durfte Klaus selbst aussuchen, im vergangenen Jahr zu Weihnachten. Selbstverständlich als ganz kleines Ferkel. Als großes Schwein wäre das für ihn sicherlich ein falsches Geschenk gewesen.

Hans far skjuter in sina första sextio degämnen för det runda bondbrödet i ugnen. Med den inte särskilt frestande tanken på att behöva stå upp tidigt varje kväll, tänker Klaus nej! Jag kommer aldrig lära mig ett sådant yrke, oavsett om min far gillar det eller inte. Med dessa överväganden vänder Klaus på andra sidan och sover vidare.

Den frestande lukten av nybakade rullar och den söta doften av fruktkaka och kringlor väcker Klaus från sömnen. Efter ett stopp för en liten kattvätt i badrummet sitter han vid frukostbordet med sina föräldrar. Denna vanliga frukostritual är en integrerad del av hans huvud. Hans mor torkar tandkrämen av munnen med ett litet leende och säger, "Du kan göra dig användbar idag och hjälpa mig att städa köket. I butiken måste du fylla på hyllorna med färska bakverk, du har de närmaste dagarna från skolan." "Inga problem, mamma, men först tar jag hand om Hansi, hans mage kommer säkert att morra högt."

På något sätt verkar hans föräldrar plötsligt så deprimerade när samtalet vänder sig till Hansi. Klaus vet inte det från sina föräldrar. Hansi är inte sjuk, eller hur? Nej, det är knappast troligt, skulle han veta. Det spelar ingen roll! Jag går till Hansis första, mumlar Klaus för sig själv. Han stoppar snabbt resterna av syltrullarna i munnen, torkar händerna på byxorna, till sin mors missnöje och tar sig till stallet.

Hans dagliga arbetsuppgifter inkluderar utfodring av Hansi, familjens tamsvin och hans vän. Hans föräldrar gav honom Hansi, Klaus fick själv välja namnet vid jul förra året. Naturligtvis som en mycket liten gris. Som en stor gris skulle det verkligen ha varit fel gåva för honom.

Na, das war vielleicht eine Überraschung für ihn, als der kleine Flitzer aus dem Korb krabbelte und durch das Wohnzimmer sauste, beinahe den Weihnachtsbaum umrannte und nur mit großer Mühe von seinem Vater wieder eingefangen werden konnte.

Dank der guten Pflege von Klaus, und der liebevollen Unterstützung seiner Eltern, wurde nach wenigen Monaten aus diesem kleinen Quiekser ein dickes Hausschwein. In einer Bäckerei fällt ja auch jeden Tag immer etwas ab. Altes Brot, Semmeln und Kuchenränder futtert Hansi ganz gern. Gekochte Kartoffeln mit Milch, gut gerührt und leicht angewärmt, sind unangefochten sein Lieblingsgericht. Er schmatzt so genüsslich, dass man seinen Appetit nicht nur sieht, sondern auch hört.

Auf dem Weg zu seinem Stall kommt Klaus auf dem Hof ein kräftig gebauter Mann im weißen Kittel entgegen. Nanu, denkt er, zum frühen Morgen ein fremder Mann? Was macht der denn auf unserem Hof? Den habe ich hier bei uns im Dorf noch nie gesehen. Murmelt er leise vor sich hin. Zaghaft fragt er diesen Weißkittel und vermeintlichen Tierarzt, na jedenfalls könnte man das von ihm glauben - „Ist mein Hansi krank?" „Nein, nein! Bei der Sau ist alles in Ordnung. Und mit einem Lächeln im Gesicht meint er noch – „Dem Schwein fehlt nichts und Hansi ist ein schöner Name für deinen Freund." „Ja, es ist unser Hausschwein und ein prima Spielkamerad für mich!" „Also, mach dir keine unnötigen Sorgen! Bei deinem Hansi ist alles in Ordnung. Er ist gut gewachsen und schön fett ist er auch."

Aus der offenen Stalltür trottet Hansi in Richtung Hofterrasse. Als er Klaus erkennt, will er auf ihn zulaufen, doch ein Mann hindert ihn daran und dirigiert ihn mit einem Knüppel zur Terrasse in Richtung Weißkittel. Noch ein Fremder, den kenne ich auch nicht! Na, dass wird ja immer schöner!

Nåväl, det var kanske en överraskning för honom när den lilla springan kröp ut ur korgen och rusade genom vardagsrummet, nästan sprang över julgranen och bara kunde fångas igen av sin far med stora svårigheter.

Tack vare Klaus goda vård och hans föräldrars kärleksfulla stöd blev denna lilla gnissning efter några månader en fet tamsvin. I ett bageri faller alltid något av varje dag. Hansi gillar att äta gammalt bröd, rullar och kakakanter. Kokt potatis med mjölk, väl omrört och lätt uppvärmt, är utan tvekan hans favoriträtt. Han slår läpparna så glatt att du inte bara ser hans aptit utan också hör den.

På vägen till sin stall möter en välbyggd man i vit kappa Klaus på gården. Tycker han, en konstig man tidigt på morgonen? Vad gör han på vår gård? Jag har aldrig sett honom här i byn. Han mumlar mjukt för sig själv. Skämtsamt frågar han den här vita kappan och den förmodade veterinären, åtminstone är det vad man kan tro på honom - "Är min Hansi sjuk?" "Nej, nej! Allt är bra med suggan. Och med ett leende i ansiktet säger han - "Grisen är bra och Hansi är ett trevligt namn för din vän." "Ja, det är vår tamsvin och en bra lekvän för mig!" "Tja, gör inga onödiga Att bry sig! Allt är bra med din Hansi. Han har vuxit bra och han är också ganska fet."

Hansi dyker ut ur den öppna staldörren mot gårdsplanets terrass. När han känner igen Klaus vill han springa mot honom, men en man hindrar honom och leder honom med en pinne till terrassen i riktning mot Weißkittel. En annan främling, jag känner inte honom heller! Tja, det blir bättre och bättre!

Der vermeintliche Tierarzt geht auf Hansi zu, redet leise auf ihn ein, krault ihn am Kopf, an seinem Hals und hinter den Ohren. Meinem Freund scheint das alles auch noch riesig zu gefallen. Murmelt Klaus leise vor sich hin. Es ärgert ihn zunehmend, was die beiden Männer mit seinem Hansi so anstellen. Der bleibt still stehen und grunzt vergnügt vor sich hin. Mit der anderen Hand hält der Weißkittel einen rundlichen, länglichen, etwa zwanzig Zentimeter langen Metallzylinder an die Stirn von Hansi.

Was soll denn das werden, überlegt Klaus, und kann sich einfach keinen Reim aus dem ganzen Getue und Gewerkle dieser beiden Männer machen. Jetzt langt's aber, denkt er ärgerlich. Ich werd mal sofort meinen Vater fragen was das alles soll? Der muss ja wissen, was die beiden Männer hier auf unserem Hof mit meinem Hansi so vorhaben. Er wendet sich von den fremden Männern und Hansi ab und geht auf die Haustür zu.

Ein lauter Knall, wie aus einem Gewehr, peitscht plötzlich durch die Luft. Klaus bleibt erschrocken stehen, dreht sich zu den beiden Weißkitteln um, und sieht Hansi mit krampfhaften Zuckungen am ganzen Körper, auf dem Boden liegen. Mit einem Messer in der Hand, schneidet einer der beiden Männer den Hals von Hansi auf. Blut spritzt fontänenhaft und stoßweise aus der großen Wunde und färbt die Terrasse sofort rot.

Der Anblick ist für Klaus nicht zu ertragen. Seine Knie fangen an zu zittern, sein Bauch fängt an zu rebellieren und schwindlig im Kopf schleppt er sich mit letzter Kraft und am ganzen Körper vor Angst um seinen Freund bebend in den Garten. Kriecht völlig von Sinnen unter einen Holzstapel und will nichts mehr sehen und hören. Sein Magen lässt sich auch nicht mehr beruhigen. Er muss sich übergeben.

Den förmodade veterinären närmar sig Hansi, talar mjukt till honom, klappar honom på huvudet, på nacken och bakom öronen. Min vän verkar gilla allt också. Klaus mumlar mjukt för sig själv. Det irriterar honom alltmer vad de två männen gör mot hans Hansi. Han står stilla och grymtar glatt för sig själv. Med den andra handen håller den vita kappan en rund, långsträckt metallcylinder som är cirka åtta tum lång på Hansis panna.

Vad är det som ska vara, tänker Klaus och kan helt enkelt inte ta reda på allt väsen och affärer med dessa två män. Men det räcker, tänker han ilsket. Jag ska fråga min far genast vad handlar det här om? Han måste veta vad de två männen gör här på vår gård med min Hansi. Han vänder sig bort från de konstiga männen och Hansi och går mot ytterdörren.

Ett kraftigt smäll, som från en pistol, piskar plötsligt genom luften. Klaus stannar, rädd, vänder sig mot de två vita rockarna och ser Hansi ligga på golvet med krampande ryckningar över hela kroppen. Med en kniv i handen skär en av de två männen Hansis nacke. Blod stänker från det stora såret som en fontän och i sprutar som omedelbart blir terrassen röd.

Synen är outhärdlig för Klaus. Knäna börjar darras, magen börjar göra uppror, och yr i huvudet drar han sig in i trädgården med sin sista styrka och överallt, darrande av rädsla för sin vän. Kryper helt galen under en hög med trä och vill inte se eller höra någonting längre. Hans mage kan inte längre vara lugn heller. Han måste kräkas.

Die angstvollen Schreie seiner verletzten Seele durchzucken seinen Körper und wollen sich nicht beruhigen lassen. Nur weg von diesen grauenhaften Ort, denkt er noch mühsam. Sein Freund Hansi muss sterben, wie soll er ohne ihn weiterleben? Dunkelheit hüllt ihn ein und lässt ihn die Gegenwart vergessen. Schützend zieht es seine quälenden Gedanken in eine andere Welt.

Als er wieder aufwacht, liegt er in den Armen seines Vaters. Seine Mutter, Tränen in den Augen, hält seine Hände fest. Es ist still im Zimmer!

Klaus spürt die Wärme und Zuneigung seiner Eltern. Sein körperlicher und seelischer Zustand ist noch schwach, um mit seinen Vater und seiner Mutter über den Tod von Hansi zu sprechen. Der Schlaf entführt ihn in eine andere Welt und läßt seine Gedanken ruhen.

Wie an jedem frühen Morgen weckt ihn der Duft aus der Backstube. Heute fällt es ihm besonders schwer aufzustehen. Drückend lastet das Erlebnis des gestrigen Tages auf seinem Herzen und seiner Seele. Alles was er mit ansehen musste, ist fest in seinem Kopf gespeichert und lässt sich nicht so einfach verdrängen.

Weinkrämpfe schütteln seinen Körper und lassen ihn nicht zur Ruhe kommen. Nur mühsam kann er sich ins Bad schleppen, um sein verweindes Gesicht mit warmen Wasser etwas zu beruhigen. Unerwartet kommt sein Vater ins Badezimmer, nimmt ihn auf die Arme und trägt ihn in die Küche.

Etwas passt heute nicht zum Frühstücksritual. Seine Mutter sitzt mit verweintem Gesicht bereits am Tisch. Sein Vater setzt ihn so auf die Eckbank, dass er zwischen ihm und seiner Mutter sitzen kann. Sie wirken bedrückt und traurig und mit nachdenklichem Gesicht wendet sich sein Vater an ihn.

De rädda skriken från hans skadade själ ryckar genom kroppen och vill inte vara lugn. Kom bara bort från denna hemska plats, tänker han med svårighet. Hans vän Hansi måste dö, hur kan han fortsätta att leva utan honom? Mörkret omsluter honom och får honom att glömma presenten. Skyddande, hans plågande tankar dras till en annan värld.

När han vaknar igen är han i sin fars armar. Hans mor, med tårar i ögonen, håller händerna täta. Det är tyst i rummet!

Klaus känner sina föräldrars värme och tillgivenhet. Hans fysiska och psykiska tillstånd är fortfarande svagt för att tala med sin far och mor om Hansis död. Sömn tar honom in i en annan värld och låter hans tankar vila.

Som varje tidig morgon väcker doften från bageriet honom. Idag har han det särskilt svårt att gå upp. Gårdagens upplevelse väger tungt för hans hjärta och själ. Allt som han var tvungen att titta på lagras ordentligt i hans huvud och kan inte lätt undertryckas.

Gråtande skakar på kroppen och låt honom inte lugna sig. Han kan bara dra sig in i badrummet med svårigheter för att lugna sitt vridande ansikte med varmt vatten. Oväntat går hans far in i badrummet, tar honom i armarna och bär honom in i köket.

Något går inte med frukostritualen idag. Hans mamma sitter redan vid ett bord med ett tårande ansikte. Hans far sätter honom på hörnsätet så att han kan sitta mellan honom och sin mamma. Du ser deprimerad och ledsen ut och hans far vänder sig till honom med ett tankeväckande ansikte.

„Wir werden dir niemals wieder ein Tier schenken und es aus irgendwelchen Gründen töten lassen. Fest versprochen! Meine Entscheidung, Hansi schlachten zu lassen, war nicht richtig! Ich kann dir deinen lieben Freund nicht zurückgeben, so gern ich das auch tun möchte, Klaus. Das musst du mir glauben. Vielleicht finden wir gemeinsam einen Ausweg aus dieser schrecklichen Situation. Glaub mir, das alles bedrückt mich und deine Mutter sehr."

Klaus bekommt Hansi nicht wieder zurück und er fühlt, dass er mit seinem Schmerz nicht allein ist. Mit dem Versprechen seines Vaters und seiner Mutter, nie wieder ein Tier töten zu lassen, das wie zur Familie gehört, nehmen ihm seine Eltern eine schwere Last von seiner verwundeten Seele.

Klaus sitzt noch eine Weile allein am Tisch. Sein Vater ist wieder in der Backstube und Mutter wäscht das Geschirr ab. Für das Abtrocknen ist er zuständig. Es ist nicht unbedingt seine Lieblingsbeschäftigung, aber er macht es, weil er so seiner Mutter bei der Arbeit helfen kann.

Alles was der Metzger und sein Gehilfe aus Hansi gemacht haben, wird an Verwandte und Freunde abgegeben. Die restlichen Tage vergehen wie im Traum. Klaus hat ja noch schulfrei und er nimmt sich vor, im Garten etwas Ordnung für den kommenden Winter zu schaffen. Die Gartenarbeit wird ihn bestimmt von den Erlebnissen mit seinem Hansi ablenken, und am Wochenende wird er den Stall von ihm in Ordnung bringen.

Samstag, ein Tag an dem es in der Bäckerei seines Vaters immer hoch her geht, wird er ihm bestimmt im Stall nicht helfen können. Egal, denkt Klaus, ich werde mich mal über Hansis Behausung hermachen. Nanu, wie sieht denn der Stall aus? Alles voller Stroh und Heu. Wie kommt denn das hier her? Raschelt da nicht irgendwas da drin in dem Haufen?

"Vi kommer aldrig att ge dig ett djur igen och låta döda det av någon anledning. Utlovat! Mitt beslut att få Hansi slaktat var inte det rätta! Jag kan inte ge din kära vän tillbaka till dig, så mycket som jag skulle vilja, Klaus. Du måste tro mig. Kanske kan vi hitta en väg ut ur denna hemska situation tillsammans. Tro mig, allt detta deprimerar mig och din mamma väldigt mycket."

Klaus får inte Hansi tillbaka och han känner att han inte är ensam med sin smärta. Med hans faders och mammas löfte att aldrig mer döda ett djur som tillhör familjen tar hans föräldrar en tung börda av hans sårade själ.

Klaus sitter ensam vid bordet ett tag. Hans far är tillbaka i bageriet och mor tvättar disken. Han är ansvarig för att torka av. Det är inte precis hans favorit sak att göra, men han gör det för att det gör att han kan hjälpa sin mamma med sitt arbete.

Allt som slaktaren och hans assistent har gjort av Hansi ges till släktingar och vänner. De återstående dagarna går som i en dröm. Klaus har fortfarande ingen skola och han beslutar att ordna lite i trädgården för den kommande vintern. Trädgårdsskötseln kommer säkert att distrahera honom från upplevelserna med hans Hansi, och på helgen kommer han att ordna stallet från honom.

Lördag, en dag då det alltid är upptagen i hans fars bageri, kommer han verkligen inte att kunna hjälpa honom i stallen. Hur som helst, tror Klaus, jag tar hand om Hansis hus. Hur ser stallen ut? Allt fullt av halm och hö. Hur kom detta härifrån? Finns det inte något raslande där inne i den högen?

Also Mäuse kann ich hier nicht gebrauchen. Die solln sich mal in die Scheune verziehen. Komisch, in der Ecke, was da aus dem Stroh heraus wackelt, das sieht doch aus wie zwei lange Ohren? Ganz sicher und Meerschweinchen sind das nicht, so viel weiß ich, denkt Klaus. Nein! Ein Hase! Und daneben noch einer! Hurra, ich habe zwei Hasen!

Behutsam legen sich zwei Hände auf seine Schultern und halten ihn fest - sein Vater! „Du solltest mal zu unseren Nachbarn laufen und Gottfrieds Vater bitten, ob er dir einen Sack Heu und einen kleinen Eimer mit Weizenkörnern abgeben kann? Vergiss nicht, dich für die Hasen zu bedanken, er hat sie dir geschenkt. Möhren und Salatköpfe findest du bei Mama im Laden." „Ja, Papa!" „Wenn du mit deiner Arbeit fertig bist, kannst du mir ja in der Backstube helfen!"

Seine Freude ist, trotz der Trauer um Hansi, sehr groß. Auch die kleinen Ferkel bei seinem Freund Gottfried helfen dabei mit, seine Trauer zu ertragen. Es wird wohl noch eine Zeit dauern, bis die Wunden an seiner Seele und seinem Herzen verheilen. Die zwei Hasen können seinen toten Hansi natürlich nicht ersetzen, aber gute Freunde werden sie bestimmt auch. Das Versprechen seiner Eltern, nie wieder ein Haustier zu töten wird ihm helfen, den Schmerz über Hansis Tod zu überwinden und ohne Angst und Sorge um seine zwei neuen Spielgefährten zu bleiben.

Jag kan inte använda möss här. De borde flytta till ladan. Roligt, i hörnet, vad vaggar ut ur halmen, ser det inte ut som två långa öron? Ganska säker på att marsvin inte är det, jag vet så mycket, tycker Klaus. Nej! En kanin! Och en annan bredvid den! Hurra, jag har två kaniner!

Två händer läggs försiktigt på axlarna och håller honom hårt - hans far! "Du bör springa till våra grannar och fråga Gottfrieds far om han kan ge dig en säck hö och en liten hink vete korn? Glöm inte att tacka dig för kaninerna, han gav dem till dig. Du hittar morötter och salladshuvuden i mammas butik." "Ja, pappa!" "När du är klar med ditt arbete kan du hjälpa mig i bageriet!"

Trots sorgen för Hansi är hans glädje mycket stor. De små smågrisarna hos hans vän Gottfried hjälper också till att uthärda sin sorg. Det kommer att dröja innan såren på hans själ och hjärta läker. Naturligtvis kan de två kaninerna inte ersätta hans döda Hansi, men de kommer säkert också att bli goda vänner. Hans föräldrars löfte om att aldrig döda ett husdjur igen hjälper honom att övervinna smärtan vid Hansis död och undvika rädsla eller oro för sina två nya lekkamrater.

Das Milchauto

Wo bleibt heute nur das Milchauto, grübelt Klaus, noch mit der Arbeit im Stall beschäftigt, vor sich hin. Es müsste doch schon längst hier eintrudeln. Es ist das einzige große Transportauto, außer dem kleinen Auto seines Vaters, das ein wenig Verkehrslärm in das Dorf bringt.

In der Luft sind plötzlich Motorengeräusche zu hören. Na endlich, denkt Klaus, kommt das verbummelte Milchauto. Unsere Bauern im Dorf wollen ihre Milch loswerden. Die Kühe fragen ja nicht ob Sonntag, Wochentag oder Feiertag ist. Sie wollen jeden Tag gemolken werden und wenn die Milch nicht sauer werden soll, muss sie schleunigst zum Milchhof in die nahe gelegene Stadt gefahren werden.

Erst quietschende Reifen eines Autos, dann grauenvoll schreckliche Schreie fesseln seine Füße am Stallboden fest. Du musst helfen, sofort! Hämmert es in seinem Kopf. Die Füße wollen sich nur widerstrebend in Richtung Straße quälen, als ahnten sie schon was sie dort erwarten wird.

Mjölkbilen

En god vän stänger aldrig en dörr utan att öppna

en annan till hjälp

Var är mjölkbilen idag, undrar Klaus, fortfarande upptagen med arbetet i ladan. Det borde ha kommit hit för länge sedan. Det är den enda stora transportbilen, förutom sin fars lilla bil, som ger lite trafikbuller in i byn.

Motorljud hörs plötsligt i luften. Tja, äntligen, tänker Klaus, kommer den förlorade mjölkbilen. Våra bönder i byn vill bli av med mjölken. Korna frågar inte om det är söndag, vardag eller helgdag. De vill mjölkas varje dag och om mjölken inte ska bli sur måste den köras så snabbt som möjligt till mjölkgården i den närliggande staden.

Först gled däcken och sedan fruktansvärda skrik. Jag måste hjälpa omedelbart, tycker Klaus! Men hans fötter vill inte röra sig. Motvilligt slåss de mot gatan som skriken kommer från, som om de redan hade gissat vad som hände där.

Das Milchauto steht vor der Einfahrt zur Bäckerei quer auf der Straße. Der Fahrer des Milchauros steht wie versteinert an der Fahrertür, einfach unfähig sich zu bewegen.

Auf dem Straßenboden, am großen Vorderrad, ein kleiner menschlicher Körper. Das Gesicht ist schrecklich entstellt und voller Blut. Trotz der schlimmen Verletzungen am Kopf, erkennt Klaus seinen Freund Gottfried. Seine Schreie sind entsetzlich und sein zuckender Körper ist ein Bild des Grauens. Klaus spürt das alles nicht nur mit seinem Herzen, sondern auch mit jeder Faser seines Körpers. Mein Gott, was kann ich bloß tun, um Gottfried zu helfen? In seinem Kopf überschlagen sich die Gedanken und in seiner Not schreit er laut um Hilfe. Mit Mühe und großer Kraftanstrengung, und trotzdem so vorsichtig wie möglich, hebt er seinen Freund hoch und schleppt ihn mit letzter Kraft in die Backstube. Das warme Blut aus Gottfrieds Hals spritzt auf sein Gesicht und die Hände seines Freundes verkrampfen sich, wild um sich schlagend, auf seinem Rücken. Klaus muss, mit Gottfried auf seinen Armen, ein entsetzliches Bild abgeben. Sein Vater läuft schnell auf seinen Sohn zu, nimmt ihm behutsam Gottfried ab und legt ihn auf den Backtisch. Gleichzeitig ruft er nach seiner Frau, sie soll sofort den ärztlichen Notdienst rufen!

Mjölkbilen ligger tvärs över gatan framför entrén till bageriet. Föraren av Milchautos står förstenad vid förardörren, helt enkelt oförmögen att röra sig.

På gatan, på det stora framhjulet, en liten människokropp. Ansiktet är fruktansvärt vansatt och fullt av blod. Trots dåliga skador på huvudet känner Klaus igen sin vän Gottfried. Hans skrik är fruktansvärda och hans ryckande kropp är en bild av skräck. Klaus känner allt detta inte bara med sitt hjärta utan också med alla fibrer i hans kropp. Herregud, vad kan jag göra för att hjälpa Gottfried? I hans huvud rullar tankarna över och i hans behov ropar han högt om hjälp. Med stor ansträngning och ansträngning, och ändå så noggrant som möjligt, lyfter han upp sin vän och drar honom med sista kraften in i bageriet. Det varma blodet från Gottfrieds hals stänker i ansiktet och hans väns händer kramar sig på ryggen och klappar vilt. Klaus måste göra en hemsk bild med Gottfried i armarna. Hans far springer snabbt fram till sin son, tar försiktigt Gottfried från honom och lägger honom på bakbordet. Samtidigt efterlyser han sin fru att ringa vårdtjänsten omedelbart!

Aus Gottfrieds rechter Halsseite fließt unaufhörlich viel Blut, der Backtisch ist sofort rotgefärbt. Klaus kann das alles geistig nicht mehr aufnehmen. Vor seinen Augen wird es schwarz, er sackt zusammen und bleibt zusammengekrümmt bewegungslos auf dem Boden liegen.

Das erste was er wieder wahrnimmt, ist ein weißer Kittel und das ernste Gesicht eines grauhaarigen, älteren Mannes. Diesmal ist es wirklich ein Arzt. Er schaut Klaus mit ruhig blickenden Augen ernst an, nimmt seine Arme in seine Hände und spricht mit leiser Stimme: „Du und deine Eltern haben deinem Freund Gottfried durch eure schnelle Hilfe das Leben gerettet. Ohne euer sofortiges Handeln wäre dein Freund verblutet. Gottfried wurde durch den Autounfall sehr schwer verletzt. Die Verletzung an der Halsschlagader ist lebensbedrohend gewesen. Dem Himmel sei Dank, die Blutung konnten wir noch rechtzeitig zum Stillstand bringen. Die anderen schweren Verwundungen sind sehr schlimm, aber Gott sei Dank für deinen Freund nicht lebensgefährlich. Auch die furchtbaren Gesichtsverletzungen, so schrecklich sie aussehen, werden wieder verheilen. Ein paar kleine Narben werden wohl bleiben. Ich denke, in etwa drei Monaten wird dein Freund wieder in die Schule gehen können. Du kannst Gottfried mit deinen Eltern nächste Woche im Krankenhaus besuchen kommen." Als der Arzt das sagt, lächeln seine Augen. Er nimmt Klaus in seine Arme, und verabschiedet sich.

Ein Freudenschrei entrinnt sich seiner gequälten Brust und drängt die schwere seelische Belastung und das schreckliche Ereignis in den Hintergrund. Klaus hat etwas über das Leben gelernt. Er hat mit seinem noch jungen Verstand verstehen und mit seinem Herzen fühlen können, dass es Tage im Leben gibt, die alles verändern können.

Mycket blod rinner oupphörligt från Gottfrieds högra sida av nacken, bakbordet färgas omedelbart rött. Klaus kan inte längre absorbera allt detta mentalt. Det blir svart framför hans ögon, han kollapsar och förblir orolig på golvet.

Det första han märker igen är en vit kappa och det seriösa ansiktet på en gråhårig, äldre man. Den här gången är det verkligen en läkare. Han ser allvarligt på Klaus med lugna ögon, tar armarna i händerna och talar lågt: "Du och dina föräldrar räddade livet för din vän Gottfried med din snabba hjälp. Utan din omedelbara handling skulle din vän ha blivit ihjäl. Gottfried skadades allvarligt i bilolyckan. Skadorna på halsartären var livshotande. Tack himlen, vi kunde stoppa blödningen i tid. De andra allvarliga såren är mycket dåliga, men tack och lov för din vän att de inte är livshotande. Även de fruktansvärda ansiktsskadorna, så hemska som de ser ut, kommer att läka igen. Några små ärr kommer troligen att finnas kvar. Jag tror att din pojkvän kommer att gå tillbaka till skolan om ungefär tre månader. Du kan komma och träffa Gottfried med dina föräldrar på sjukhuset nästa vecka. "När läkaren säger detta ler hans ögon. Han tar Klaus i famnen och säger adjö.

Ett rop av glädje flyr från hans plågade bröst och skjuter den tunga känslomässiga påfrestningen och den hemska händelsen i bakgrunden. Klaus lärde sig något om livet. Med sitt fortfarande unga sinne kunde han förstå och känna med sitt hjärta att det finns dagar i livet som kan förändra allt.

Ein Gespräch mit der inneren Stimme

Die Verbindung mit dem inneren Selbst, dem uns innewohnenden Wesen, ist das einzige sichere Fundament, auf dem man sein Leben aufbauen kann.

Swami Sivananda Radha

Der Morgen fiel pünktlich früh um sechs in Helmuts Bett, wie an jedem Tag - herrisch und bedingungslos! Selbst sein Name ist jeden Tag derselbe, Helmut Fedderson, immer nur Helmut Fedderson. Nicht Gustav Fedderson! Wäre doch auch nicht so schlecht. Muss denn alles in meinem Leben wie der Gang einer Uhr ablaufen? Nicht zu langsam oder zu schnell, nein! Immer schön regelmäßig! Widerlich ist das alles, denkt Helmut missmutig. Er will das eigentlich gar nicht. Eine Portion Abwechslung und auch mal die eine oder andere spontane Handlung, würden meinem Leben richtig gut tun. Ich bin eigentlich mehr für eine lockere und saloppe Lebensführung.

En konversation med den inre rösten

Förbindelsen med det inre jaget, det boende varelsen, är den enda säkra grunden att vara på. Kan bygga liv.

Swami Sivananda Radha

Morgonen föll i Helmuts säng punktligt klockan sex, som det gjorde varje dag - imperious och villkorslöst! Till och med hans namn är detsamma varje dag, Helmut Fedderson, alltid bara Helmut Fedderson. Inte Gustav Fedderson! Skulle inte vara så illa heller. Måste allt i mitt liv gå som en klocka? Inte för långsamt eller för snabbt, nej! Alltid trevlig och regelbunden! Allt är äckligt, tänker Helmut tråkigt. Han vill verkligen inte det. En del av variation och tillfällig spontan handling skulle vara riktigt bra för mitt liv. Jag är faktiskt mer för en avslappnad och avslappnad livsstil.

Möchte bloß wissen, fragt er sich nach einer Weile, wer in meinem täglichen Leben die Verantwortung für diese sture Regelmäßigkeit trägt? Er jedenfalls nicht, da ist er sich ganz sicher.

„Hallo, Helmut, versuchst du mir eine unsinnige Diskussion aufzudrängen?" Was geistert denn da in meinem Kopf herum? Oder besser, wer geistert da in meinem Kopf herum? Eigentlich bin ich ja wach und mit meinem Kopf, so hoffe ich doch, ist alles noch in Ordnung. Na, fragen kostet ja bekanntlich nichts, denkt er neugierig. „Hallo, will mir hier ein Jemand ein Gespräch aufnötigen?" „Ich nötige dir nichts auf, mein lieber Helmut, sondern ich sorge bei dir für ein geordnetes Handeln in deinem Leben, und das schon eine ziemlich lange Zeit." „Ach nein?" „Aber ja!" „Und wie machst du das so ganz unauffällig? Na, jedenfalls habe ich von deinen Aktivitäten noch nichts gemerkt. Bis heute jedenfalls nicht!" „Sag mal, Helmut, ist dir, nur so als Beispiel von vielen anderen, noch nicht aufgefallen, dass du morgens, besonders wenn sich der Morgen so ganz und gar nicht von seiner sonnigen Seite zeigen möchte, gern in deinem Bett liegen bleiben willst, so wie heute, Büro hin oder her!" „Mein Gott nochmal ja, kommt schon vor! Was ist denn daran so ungewöhnlich?" „Was heißt hier ungewöhnlich? Na, du bist ja lustig! Ich, dein Gewissen, du kannst auch ES zu mir sagen, wenn dir das besser gefällt, habe dir in solchen Minuten des Zweifelns, die du mit Überlegungen über - steh ich auf und geh ins Büro oder bleib ich lieber noch eine Weile im Bett liegen - immer geistig auf die Beine geholfen und dich moralisch angeregt, deinen beruflichen Pflichten im Büro nachzukommen." „Ach was? Dann hast du mich aus meinem schönen warmen Bett getrieben? Das ist ja gemein von dir!" „Schon möglich, Helmut, schon möglich! Aber deine Kollegen sind mir dafür in einer gewissen Weise dankbar!" „Na, das ist ja allerhand! So kommandierst du also in meinem Leben herum?" „Zugegeben, es ist nicht immer leicht mit dir, aber letztlich bist du immer einsichtig und folgst meinem Rat." „Was heißt hier Rat? Du meinst deinen Befehlen!"

Jag vill bara veta, frågar han sig själv efter ett tag, vem är ansvarig för denna envisa regelbundenhet i mitt dagliga liv? Åtminstone inte honom, det är han helt säker på.

"Hej, Helmut, försöker du tvinga en meningslös diskussion mot mig?" Vad finns det i mitt huvud? Eller snarare, vem är hemsökt i mitt huvud? Egentligen är jag vaken och med mitt huvud hoppas jag att allt fortfarande är okej. Tja, att fråga kostar ingenting, tänker han nyfiken. "Hej, vill någon tvinga mig att prata med dig?" "Jag tvingar dig inte att göra någonting, min kära Helmut, jag kommer att se till att du agerar ordentligt i ditt liv, och det under lång tid." "Men ja!" "Och hur gör du det så helt påfallande? Nåväl, jag har inte märkt någonting om dina aktiviteter. Fram till idag, hur som helst!" "Berätta för mig, Helmut, har det inte inträffat dig, precis som ett exempel från många andra, att på morgonen, särskilt när morgonen inte alls vill visa sin soliga sida, vill stanna i din säng som idag, på kontoret eller inte!" "Herregud, ja, det händer! Vad är så ovanligt med det?" "Vad betyder ovanligt här? Du är rolig! Jag, ditt samvete, du kan också säga DET till mig, om du gillar det bättre, har du i sådana minuter av tvivel att du måste fundera - jag står upp och går till kontoret eller föredrar jag att ligga i sängen ett tag - Hjälpte alltid mentalt på fötterna och stimulerade dig moraliskt att fullgöra dina yrkesuppgifter på kontoret." "Åh vad? Drev du mig ut ur min trevliga varma säng? Det är dåligt för dig!" "Det är möjligt, Helmut, det är möjligt! Men dina kollegor är mig tacksamma på ett visst sätt!" "Jo, det är mycket! Är det så du kommanderar i mitt liv?" "Visserligen är det inte alltid lätt med dig, men i slutändan förstår du alltid och följer mitt råd." "Vad betyder råd här? Du menar dina kommandon!"

„Na, na, was heißt hier Befehle? Ich meine es nur gut mit dir." „Ja ja, ist ja gut! Kannst du nicht mal Urlaub machen? Ich fühle mich heute hundsmiserabel. Mein Kopf ist heiß wie ein Kachelofen, in meiner Lunge sticht es wie mit tausend Nadeln und Luft bekomme ich auch schlecht. Es gibt überhaupt keine Stelle an und in meinem Körper, die mir keine Schmerzen verursacht. Ich habe wirklich keinen Bock, wie das im Volksmund so treffend heißt, aufzustehen und ins Büro zu laufen, nur weil du das für richtig hälst. Als mein oberster Wächter in meinem Körper müsstest du das eigentlich alles wissen! Wieso denkst du nicht mal an meine Gesundheit und nicht immer nur an die von dir gewollte und geordnete Lebensführung?" Für eine geraume Weile herrscht gespenstische Stille in seinem Denk- und Gefühlszentrum, als ob er in den vergangenen Minuten nur geträumt hätte. „Ja, Helmut, natürlich hast du recht, und das Resultat meiner Untersuchung ist nicht gut für deinen Körper." „Ach nein! Wie meinst du das?" Und wieder hüllt sich ES, seine innere Stimme, für eine längere Zeit in Schweigen. Durch die Worte von ihm unruhig geworden, grübelt er vor sich hin, was er ihm wohl sagen werde. Kaum von Helmut zu Ende gedacht, beginnt ES wieder mit seiner mentalen Kommunikation. „Du musst sofort in ein Krankenhaus!" „Ach nein! Das ist das Letzte was ich tun werde! Und wieso und überhaupt? Warum sollte ich das müssen?" „Auf deiner letzten Dienstreise nach Senegal, hast du dir eine gefährliche Lungenkrankheit zugezogen. Die Krankheit nennt sich ARDS. Die Mediziner sagen dazu - „Akutes, progressives Lungenversagen" oder auch Schocklunge. Du hast vermutlich bei der Firma, bei der du dienstlich eine zeitlang tätig warst, Gase eingeatmet, die für deine Lunge sehr schädlich sind. Die Erkrankung ist für dich in deinem jetzigen Zustand lebensbedrohend. Du musst sofort einen ärztlichen Notdienst anrufen. Ich kann das für dich nicht erledigen, auch wenn ich es gern möchte." „Na, das wird ja immer schöner!"

"Tja, vad menar du med kommandon? Jag menar bara bra med dig." "Ja, ja, det är bra! Kan du inte ens åka på semester? Jag känner mig väldigt eländig idag. Mitt huvud är lika varmt som en kakelugn, det svider i lungorna som tusen nålar och jag får inte tillräckligt med luft heller. Det finns absolut ingen plats på eller i min kropp som inte orsakar smärta. Jag känner verkligen inte att jag kommer igång till kontoret bara för att du tycker att det är rätt, som det är populärt känt. Som min högsta vårdnadshavare i min kropp borde du faktiskt veta allt! Varför tänker du inte på min hälsa och inte alltid bara på den ordnade livsstil du vill ha? "Under en lång stund finns det en kuslig tystnad i hans tänkande och känselförnimmelse, som om han bara hade drömt de senaste minuterna. "Ja, Helmut, naturligtvis har du rätt, och resultatet av min undersökning är inte bra för din kropp." Hur menar du det? "Och återigen är IT, hans inre röst, tyst under lång tid. Efter att ha blivit orolig över sina ord funderar han över vad han kommer att säga till honom. Så snart Helmut tänkte igenom till slutet börjar IT igen med sin mentala kommunikation. "Du måste gå till ett sjukhus omedelbart!" "Å nej! Det här är det sista jag ska göra! Och varför och alls? Varför skulle jag behöva? " "På din senaste affärsresa till Senegal fick du en farlig lungsjukdom. Sjukdomen kallas ARDS. Läkare säger - "Akut, progressivt lungfel" eller chocklunge. Du inandade antagligen gaser som är mycket skadliga för dina lungor hos företaget där du arbetade ett tag. Sjukdomen är livshotande för dig i ditt nuvarande tillstånd. Du måste ringa en akutsjukvård omedelbart. Jag kan inte göra det åt dig, även om jag skulle vilja. "" Nåväl, det blir bättre och bättre!"

„Wenn du das nicht schaffen solltest, Helmut, wirst du hier in deiner Wohnung ersticken und ich wäre meinen Job bei dir los - übrigens - äußerst ungern!" „Findest du nicht, ES, dass das für mich als Junggeselle zum frühen Morgen alles etwas viel auf einmal ist?" „Schon möglich, Helmut, schon möglich. Ich kann das alles nicht ändern, auch wenn ich wollte. Ich kann dir nur geistig beistehen."

Und wieder kommt der Morgen an Helmuts Bett. Heute zaghaft und mitfühlend, um ihn im Krankenbett nicht zu stören. Aufgewacht erfassen Helmuts Augen einen fensterlosen, mittelgroßen Raum im halbdunklen Licht. An den Wänden sind überall technische Apparaturen und Monitore installiert. Seine Ohren hören regelmäßige Signaltöne, die in einer sehr bedrückenden Weise Unruhe in ihm auslösen. Die Arme sind links und rechts an den Bettkanten festgebunden. In seinem Mund steckt ein Rohr, über das regelmäßig frische Luft in seine Lunge gepumpt und verbrauchte Luft wieder abgesaugt wird. Über ihn, an einer Stange befestigt, eine große Flasche mit einem Schlauch, der zu seinem linken Arm führt und dort vermutlich in einer Ader steckt. Irgendwas muss mit meiner Lunge geschehen sein. Was sagte ES so fachlich formuliert, denkt Helmut - „Akutes, progressives Lungenversagen oder auch Schocklunge". Da fällt ihm das Wort Frühstück ein. Kein Wunder, der Vormittag hat sich ja noch nicht verabschiedet. Wie soll er frühstücken, wenn das Rohr in seinem Hals steckt. Zieht er es raus, so er kann, müsste er vermutlich ersticken, lässt er das Rohr drin, wird das seinen Magen nicht begeistern. Eine Krankenschwester wäre in dieser Situation sicherlich nicht schlecht. Nur, wie soll er das organisieren? Rufen kann er nicht, in seinem Mund steckt ja das Beatmungsrohr und mit seinen Händen kann er auch nichts bewerkstelligen, um gehört zu werden, die sind ja ans Bett gefesselt.

"Om du inte lyckas med det, Helmut, kommer du att kvävas här i din lägenhet och jag skulle bli av med mitt jobb hos dig - förresten - extremt motvillig!" "Tror du inte, att allt detta är något för mig som ungkarl tidigt på morgonen mycket på en gång?" "Redan möjligt, Helmut, redan möjligt. Jag kan inte ändra något av detta även om jag ville. Jag kan bara hjälpa dig andligt."

Och igen kommer morgonen till Helmuts säng. Blyg och medkännande idag, för att inte störa honom i sängen. Helmuts ögon fångar upp ett fönsterlöst, medelstort rum i det halvmörka ljuset. Teknisk utrustning och bildskärmar är installerade överallt på väggarna. Hans öron hör regelbundna pip som får honom att rastlöst på ett mycket deprimerande sätt. Armarna är bundna till vänster och höger om sängen. Det finns ett rör i munnen, genom vilken frisk luft regelbundet pumpas in i lungorna och använt luft sugs ut igen. Ovanför honom, fäst vid en stav, finns en stor flaska med en slang som leder till hans vänstra arm och är troligen fast i en ven där. Något måste ha hänt med mina lungor. Vad ES sa tekniskt, tänker Helmut - "Akut, progressivt lungfel eller chocklunga". Sedan tänker han på ordet frukost. Inte konstigt, morgonen har ännu inte gått. Hur ska han äta frukost med röret fast i halsen. Om han drar ut det så mycket han kan, skulle han förmodligen behöva kvävas. Om han lämnar röret i sig blir hans mage inte upphetsad. En sjuksköterska skulle verkligen inte vara dålig i denna situation. Men hur ska han organisera det? Han kan inte skrika, andningsröret ligger i munnen och han kan inte göra någonting med händerna för att bli hörd, de är bundna till sängen.

Helmut ist kurz vorm Kollabieren und ES meldet sich auch nicht, um ihm in dieser ernsten Situation zu helfen. Wie heißt dazu ein passendes Sprichwort so schön - „Und ist die Not auch noch so schwer, kommt von irgendwo ein Lichtlein her". Dieses Mal in Gestalt einer gut aussehenden, brünetten Krankenschwester, was ihn wohl in seiner jetzigen Situation kaum interessieren wird. Hauptsache sie kann seine Schmerzen lindern, die für ihn kaum noch zu ertragen sind. „Guten Morgen, Herr Fedderson." Die ruhige Stimme reißt ihn aus seiner depressiven Stimmung. „Ich bin Schwester Helga und zuständig für sie.Wie fühlen sie sich?" Witzig, wirklich sehr witzig! Wie soll ich mit dem Ding im Hals sprechen. Na, ich versuche meinen Kopf nach links und rechts zu bewegen, denkt er, sie wird schon begreifen, was ich damit sagen will. „Ich verstehe sie! Gut kann es ihnen in dieser Situation natürlich nicht gehen. Sie wurden mit einer lebensbedrohenden Lungenerkrankung auf unsere Intensivstation gebracht und müssen hier maschinell beatmet werden. Keine Sorge, verhungern werden sie nicht. Flüssigkeiten und Medikamente, besonders solche zur Schmerzlinderung, erhalten sie über Sonden an ihrem linken Arm. Alle zwei Stunden werde ich ihre Lunge absaugen. Ich werde das sehr vorsichtig vornehmen, trotzdem lassen sich Schmerzen dabei nicht ganz vermeiden. Unser Chefarzt, Herr Dr. Weber, wird heute Mittag über die weitere Behandlung mit ihnen sprechen. Ich lasse sie jetzt allein! Sollte sich eine medizinisch bedrohliche Situation bei ihnen ergeben, erkenne ich das an den Signaltönen. Machen sie sich keine unnötigen Sorgen und versuchen sie zu schlafen." Schlafen? Wie soll ich den lieben langen Tag nur schlafen, denkt Helmut missmutig. Zugegeben, als er noch gesund zu Hause im warmen Bett lag und früh um sechs der Wecker klingelte, na ja, da wäre er schon gern das eine oder andere Mal liegen geblieben, aber hier im Krankenbett, nein danke! Macht er die Augen zu um zu schlafen, hält das nicht lange an, macht er die Augen wieder auf, sieht er eine weiße Decke und technische Apparate an der Wand.

Helmut håller på att kollapsa och ES svarar inte för att hjälpa honom i denna allvarliga situation. Hur kallas ett passande ordspråk så vackert - "Och om behovet också är så svårt, kommer lite ljus någonstans". Den här gången i form av en snygg brunettsjuksköterska som knappast kommer att intressera honom för hans nuvarande situation. Det viktigaste är att det kan lindra hans smärta, som han knappast kan bära. "God morgon, herr Fedderson." Den lugna rösten drar honom ur sitt deprimerade humör. "Jag är syster Helga och jag är ansvarig för henne. Hur mår du?" Roligt, riktigt väldigt roligt! Hur ska jag prata med den saken i halsen. Tja, jag försöker flytta mitt huvud åt vänster och höger, tror han, hon förstår vad jag försöker säga. "Jag förstår dig! Naturligtvis kan de inte ha det bra i den här situationen. Du fördes till vår intensivvårdsavdelning med en livshotande lungsjukdom och måste ventileras mekaniskt här. Oroa dig inte, du kommer inte att svälta ihjäl. Vätskor och mediciner, särskilt de som används för att lindra smärta, ges genom rör på hennes vänstra arm. Jag kommer att dammsuga hennes lungor varannan timme. Jag kommer att göra detta mycket noggrant, men smärta kan inte helt undvikas. Vår överläkare, Dr. Weber, kommer att prata med dig om vidare behandling vid middagstid på morgonen. Jag lämnar henne ensam nu! Om du befinner dig i en medicinskt hotande situation kan jag se signaltonerna. Oroa dig inte i onödan och försök att sova. "Sova? Hur ska jag sova hela dagen, tänker Helmut trist. Visserligen, när han fortfarande var frisk hemma i en varm säng och väckarklockan ringde klockan sex på morgonen, ja, skulle han ha velat stanna där en eller annan gång, men här i sjukbädden, nej tack! Om han stänger ögonen för att sova håller det inte länge, om han öppnar ögonen igen ser han ett vitt tak och tekniska apparater på väggen.

Ein Fenster zum hinaussehen? Von wegen! Der Raum in dem er liegt, muss gegenüber anderen Zimmern komplett isoliert werden. Er leidet ja an einer sehr ansteckenden und gefährlichen Krankheit. Eine männliche Stimme unterbricht seine Grübeleien. „Guten Tag, Herr Fedderson, mein Name ist Dr. Weber. Ihr Notruf hat ihnen das Leben gerettet. Sie haben sich da eine sehr selten auftretende Lungenkrankheit zugezogen. Die Letalität, also das Verhältnis der Todesfälle zur Zahl der Erkrankungen ist zwar immer noch relativ hoch, bei ihnen sind wir allerdings zuversichtlich, dass sie wieder gesund werden. Aufgrund von Fortschritten der unterstützenden Therapie in den letzten Jahrzehnten, ist die Sterberate stark gesunken. Keine Sorge, sie sind hier bei uns in den richtigen Händen. In zirka zwölf Wochen sind sie wieder gesund Zuhause." Was für eine Nachricht. Gern würde er sich bei dem Arzt bedanken, aber mit dem Rohr im Hals ist das noch nicht möglich. Weinend vor Freude überlegt er, wie er sein weiteres Leben neu gestalten wird. „Hallo ES, bist du noch da oder hast du dich aus meinem Körper schon verkrümelt? Ruft Helmut gedanklich nach seiner inneren Stimme. „Wie kannst du so was von mir denken, Helmut?" Meldet sich ES auch sofort. Und so, wie man das beurteilen kann, mit großer Erleichterung. „Eine gewissenhafte und treue Ordnung in Persona wie ich, verschwindet nicht einfach so mir nichts dir nichts, nur weil es deinem Körper mal nicht so gut geht. Na, jedenfalls freue ich mich, dass du wieder in ein geordnetes Leben, das ich selbstverständlich wieder gern für dich verwalte und regle, zurückkehrst." „Ach ja, ES, apropos geregeltes Leben!" Helmut ordnet seine Gedankenwelt und wendet sich geistig wieder direkt an seine innere Stimme. „Kennst du den Begriff „ultimative Anordnung"?" „Kenne ich, Helmut! Ich höre diese Art Anordnung zwar äußerst selten, aber ich kenne sie." „Na prima, ES! Du wirst ab sofort für den Rest meines Lebens unmissverständlich deinen Mund halten, keine geistigen Anordnungen mehr geben und still und brav zuhören, wie ich mein Leben selbst in die Hand nehme.

Ett fönster att titta ut? Skämtar du med mig? Är du seriös när du säger det! Rummet där det ligger måste vara helt isolerat från andra rum. Han har en mycket smittsam och farlig sjukdom. En manlig röst avbryter hans bräckning. "God eftermiddag, herr Fedderson, mitt namn är Dr. Weber. Ditt nödsamtal räddade deras liv. Du fick en mycket sällsynt lungsjukdom. Dödligheten, dvs. förhållandet mellan dödsfall och antalet sjukdomar, är fortfarande relativt högt, men vi är övertygade om att de kommer att bli frisk igen. På grund av framstegen inom stödbehandling under de senaste decennierna har dödsgraden sjunkit kraftigt. Oroa dig inte, du är i rätt händer här hos oss. Du kommer att bli frisk igen hemma om ungefär tolv veckor. "Vilka nyheter. Han vill tacka läkaren, men det är ännu inte möjligt med röret i halsen. Gråtande av glädje tänker han på hur han kommer att forma sitt framtida liv på nytt. "Hej IT, är du fortfarande där eller har du redan smulit ut ur min kropp? Helmut efterlyser mentalt sin inre röst. "Hur kan du tänka på mig så, Helmut?" Svarar ES omedelbart. Och hur du kan bedöma det, med stor lättnad. "En samvetsgrann och trogen ordning i persona som jag försvinner inte bara som ingenting för dig, bara för att din kropp inte gör så bra. Hur som helst, jag är i alla fall glad att du återvänder till ett ordnat liv, vilket jag naturligtvis gärna kommer att hantera och reglera åt dig." "Åh ja, ES, talar om ett reglerat liv! "Helmut ordnar sin tankevärld och vänder sig mentalt direkt igen. av hans inre röst. "Känner du till ordet" ultimat arrangemang "?" "Jag vet, Helmut! Jag hör sällan denna typ av arrangemang, men jag vet det." "Bra, IT! Från och med nu kommer du tydligt att hålla din mun för resten av mitt liv, inte ge mer andliga order och lyssna tyst och lydigt när jag tar mitt liv i mina egna händer.

Ich werde endlich einmal tun und lassen können, was ich selber will! Hast du mich verstanden?" „Habe ich, Helmut, zwar ungern, aber - ich habe es begriffen!" „Das Ganze hat auch etwas Gutes für dich, mein Lieber. Du wirst eine Menge über das wahre Leben lernen. Natürlich kannst du mich auch verlassen und dir ein anderes Opfer suchen. Glaube mir, aufregender und interessanter wird es bei mir sein. Freu dich auf die kommende Zeit, ES."

Jag kommer äntligen att kunna göra vad jag vill själv! Förstod du mig?" "Jag tyckte inte om det, Helmut, men - jag förstod det!" "Det hela har också något bra för dig, min kära. Du kommer att lära dig mycket om det verkliga livet. Naturligtvis kan du också lämna mig och leta efter ett annat offer. Tro mig, det blir mer spännande och intressant för mig. Ser fram emot kommande tid, IT."

Der Wenzelsplatz mit seinen zwei Gesichtern

Vaclavplatsen med sina två ansikten

Prag läßt einen nicht so schnell wieder los. Es hat einladende Kaffees zum Verweilen, aber auch sehr finstere Verliese für politisch Andersdenkende, die einen mit ihren Krallen, wenn sie einen haben, nicht mehr so schnell loslassen.

Prag låter dig inte gå så snabbt. Det har inbjudande kaffe att dröja kvar i, men också mycket mörka fängelsehålor för politiskt avvikande som inte släpper dig så snabbt med sina klor när de har en.

Dietmar Dressel

Tage in Prag

Prag - Eine wunderschöne Stadt mit zwei Gesichtern

Nachts sollten eigentlich alle ankommenden Telefonate gesperrt sein. Es wäre dann so angenehm ruhig im Bett, und die Träume blieben bei ihren Wanderungen durch die geheimnisvolle Welt des unerforschten geistigen Lebens ungestört. Aber, eben aber!

„Hallo, Pavel, was gibt es zu dieser späten Nachtstunde so Wichtiges, das dich veranlasst, mich aus meinem Schlaf zu klingeln?" „Sag mal, Christian, liest du keine Zeitung, siehst du kein Fernsehen und hörst du kein Radio?" „Sprichst du von euren kämpferischen Bemühungen, in deinem Heimatland demokratische Strukturen zu entwickeln?" „Ja! Und da ich deine Einstellung zu diesem Thema gut kenne, würde ich mich freuen, dich hier in Prag bald treffen zu können. Natürlich nur, soweit es deine Zeit zulässt?" „Das hättest du mir auch morgen früh sagen können." "Entschuldige bitte, Christian, aus meinem Kopf ist die Gelassenheit verschwunden." „Ok, Pavel, für drei Tage kann ich mich hier in Berlin loseisen." „Ich freu mich, Christian! Wann kannst du hier sein?" „Ich werde mit dem Auto morgen Mittag losfahren und so am späten Abend bei dir in Prag sein." Die Nacht bei Pavel ist nicht etwa zum Schlafen gedacht, nein! Die regen Diskussionen wollen kein Ende nehmen. Kurzes Frühstück am Morgen und unausgeschlafen wie alle sind, geht es zur Protestkundgebung auf den Prager Wenzelsplatz. Was dann nach ungefähr einer Stunde friedlicher Proteste der Demonstranten folgt, kann man nur mit einem furchtbaren Alptraum vergleichen. Christian bekam von seinen Eltern, aus welchen Gründen auch immer, nicht mal eine Ohrfeige, geschweige denn richtige Prügel.

Dagar i Prag

A lla inkommande samtal ska blockeras på natten. Det skulle då vara så trevligt tyst i sängen och drömmarna skulle förbli ostörda när de vandrade genom den mystiska världen av outforskat andligt liv. Men, bara men!

"Hej, Pavel, vad är det som är så viktigt på den här sena natten på natten som får dig att väcka mig från sömnen?" "Berätta för mig, Christian, du läser inte tidningen, ser du inte eller hör någon TV Radio?" "Pratar du om dina militanta ansträngningar för att utveckla demokratiska strukturer i ditt hemland?" "Ja! Och eftersom jag känner din inställning till detta ämne väl, skulle jag gärna träffa dig här i Prag snart. Naturligtvis bara, så långt din tid tillåter?" "Du kunde ha sagt till mig det i morgon." "Förlåt, Christian, lugnet har försvunnit ur mitt huvud." "Ok, Pavel, jag kan stanna här i tre dagar. Losisen Berlin." "Jag är glad, Christian! När kan du vara här?" "Jag åker iväg i morgon vid middagstid och är med dig i Prag sent på kvällen. "Natten med Pavel är inte avsedd att sova, nej! De livliga diskussionerna vill inte ta slut. Kort frukost på morgonen och sover som alla andra, vi går till protestmötet på Pragens Vaclavplats. Det som sedan följer efter ungefär en timmes fredliga protester från demonstranterna kan bara jämföras med en fruktansvärd mardröm. Christian fick inte ens ett slag i ansiktet från sina föräldrar, oavsett anledning, än mindre ett riktigt slag.

Schützenpanzerwagen, Wasserwerfer und eine große Anzahl von Mannschaftswagen, voll besetzt mit schwer bewaffneten Polizisten fahren ohne Rücksicht auf den Verkehr zu nehmen, zielstrebig zum Platz, auf dem sich bereits tausende Demonstranten versammelt hatten. Schlägertrupps der Polizei und Soldaten der Armee fallen mit brutaler Gewalt über den friedlichen Protestzug her. Schon halb bewusstlos von den Schlägen der Soldaten bekommt Christian noch mit, dass er mit anderen Demonstranten auf ein Fahrzeug geworfen wird. Nach einer kurzen Fahrt schüttelt ihn ruckartiges bremsen aus seinem Dämmerzustand. Sehen kann er ja nichts, ein Sack über seinem Kopf verhindert das. Quietschende und polternde Geräusche lassen vermuten, dass ein schweres Tor geöffnet wird. Das Polizeiauto bleibt wieder stehen, die Plane wird zurückgeschlagen und mit lautstarkem Gebrüll, natürlich in tschechischer Sprache, werden die halbtot Geprügelten aufgefordert, sofort vom Wagen zu steigen. Ein echter Brüller, wenn es nicht so ernst wäre. Da Christian aus dem Geschrei nichts Verständiges entnehmen kann und vorsichtshalber liegen bleibt, alleine aufstehen kann er sowieso nicht, zerrt ihn ein Polizist vom Wagen und lässt ihn einfach auf den Boden fallen. Ein anderer reißt ihm die Stoffkapuze vom Kopf, packt ihn an seiner Jacke und schleppt ihn wie ein Stück Holz zu einem fensterlosen Raum, wirft ihn auf eine Holzbank und verriegelt beim Verlassen des Raumes die Tür. Stunden später kommt der gleiche Polizist und prügelt Christian, der sich nur unter Schmerzen auf allen Vieren bewegen kann, wie ein Stück Vieh im Schlachthof, mit wilden Schlägen und Fußtritten in einen dreckigen und vor Schimmel strotzenden Raum. Zerrt ihm, ohne Rücksicht auf seine Schlagverletzungen, die Sachen vom Leib und bearbeitet ihn minutenlang mit einem kalten, kräftigen Wasserstrahl. Nach dieser Kaltwassertortour wirft er ein Bündel auf den klatschnassen Boden und macht ihn mit lautem Gebrüll, dabei ständig mit seinem Knüppel zum Schlag ausholend klar, die Sachen anzuziehen und ihm zu folgen. Fix und fertig und schreiend vor Schmerzen, folgt er dem Gefängniswärter.

Pansarbärare, vattenkanoner och ett stort antal personbärare, fullt bemannade av tungt beväpnade poliser, körde målmedvetet till torget där tusentals demonstranter redan hade samlats, oavsett trafik. Polisbrytare och soldater från armén attackerar den fredliga protesten med brutal kraft. Redan halvmedvetslös från soldaternas slag inser Christian att han kastas på ett fordon tillsammans med andra demonstranter. Efter en kort biltur skakar plötslig bromsning honom ur sitt skymningstillstånd. Han kan inte se någonting, en säck över huvudet förhindrar det. Pipande och brusande ljud tyder på att en tung grind öppnas. Polisbilen stannar igen, presenningen kastas tillbaka och med höga vrål, naturligtvis på tjeckiska, blir de halvt misshandlade uppmanade att gå av bilen omedelbart. En riktig skrikare om den inte var så allvarlig. Eftersom Christian inte kan ta något förnuftigt från skriket och som en försiktighetsåtgärd förblir han liggande, han kan ändå inte gå upp ensam, en polis drar honom av bilen och släpper honom helt enkelt på golvet. En annan drar tyghuven av huvudet, tar tag i jackan och drar honom som en träbit till ett rum utan fönster, kastar honom på en träbänk och låser dörren när han lämnar rummet. Timmar senare anländer samma polis och slår Christian, som bara kan gå på fyra med smärta, som ett nötkreatur i ett slakteri, med vilda slag och sparkar i ett smutsigt och mögligt rum. Dra bort hans saker från kroppen, oavsett hans slagskador, och behandlar honom i minuter med en kall, kraftfull vattenstråle. Efter denna kallvattentur kastar han en bunt på den blötläggande marken och gör det klart för honom med ett högt vrål, ständigt slår med sin pinne, tar på sig kläderna och följer honom. Färdig och klar och skrikande av smärta följer han fängelsevakten.

Treppe runter, dann einen Gang entlang, bleibt der abrupt stehen und öffnet eine Zellentür. Mit kräftigen Fußtritten befördert er ihn in die Zelle und sperrt mit lautem Geräusch wieder zu. Mit einer Decke in der Hand bleibt Christian auf dem Zellenboden liegen und ist Sekunden später völlig erschöpft und am Ende seiner Kraft in einer anderen Welt.

Es ist schon spät in der Nacht. An der niedrigen Zellendecke leuchtet matt eine schwache Lampe, und taucht den Raum in ein diffuses Licht. Christian findet langsam in die Wirklichkeit zurück. Wie dunkle Schatten sieht er Männer in der Zelle umherlaufen. Zwei von ihnen sitzen auf seiner Matratze und bemühen sich vorsichtig seine Verletzungen im Gesicht mit einem Lappen vom Blut zu reinigen. Diese Bemühungen, so gut sie gemeint sind, verursachen zusätzliche Schmerzen und machen ihn restlos wach.

Die Geschehnisse der letzten Stunden brechen mit aller Gewalt in sein Bewusstsein ein. Die Schlagstöcke, Stiefel und Fäuste der Staatsschergen haben aus seinem Gesicht und seinem Körper eine einzige große Wunde gemacht. Das ganze Gesicht ist stark angeschwollen. Christian sieht alles wie durch ein Nebelfeld. Seine Schmerzen sind noch immer unerträglich. Es fällt ihm schwer zu sagen, welche Stelle an seinem Körper nicht betroffen ist. Mit seiner noch etwas brüchigen Stimme bedankt er sich mit den wenigen Worten die er in tschechischer Sprache kann, und stellt sich seinen Helfern kurz vor, die beiden tun das ebenfalls. „Ich heiße Michael und bin Arzt." Stellt sich der ältere von den beiden vor. „Dein Zustand ist katastrophal, jedenfalls ist das mein erster Eindruck von dir. Mögliche innere Verletzungen kann ich nicht beurteilen. Dazu müsste ich dich genauer untersuchen, was in dieser Gefängniszelle unmöglich ist. Dein Leben ist nicht unmittelbar bedroht, aber du musst dringend ärztlich behandelt werden. Auf was für eine brutale Prügelei hast du dich denn eingelassen?" „Ja, es stimmt!

Nedför trappan, sedan nerför en korridor, stannar han plötsligt och öppnar en celldörr. Han sparkar honom fast i cellen och låser honom igen med ett högt ljud. Med en filt i handen ligger Christian kvar på cellgolvet och sekunder senare är helt utmattad och i slutet av sin styrka i en annan värld.

Det är redan sent på kvällen. En svag lampa lyser svagt på det låga celltaket och badar rummet i ett diffust ljus. Christian hittar långsamt tillbaka till verkligheten. Han ser män springa runt i cellen som mörka skuggor. Två av dem sitter på hans madrass och försöker försiktigt rengöra blodet från hans skador i ansiktet med en trasa. Dessa ansträngningar, liksom de är avsedda, orsakar ytterligare smärta och väcker honom.

Händelserna under de senaste timmarna bryter in i hans medvetande med allt våld. De statliga handlangarnas stavar, stövlar och nävar har gjort ett stort sår på hans ansikte och kropp. Hela ansiktet är dåligt svullet. Christian ser allt som genom en dimma. Hans smärta är fortfarande outhärdlig. Det är svårt för honom att säga vilken del av hans kropp som inte påverkas. I sin röst, som fortfarande är lite ömtålig, tackar han med de få ord han kan på tjeckiska och kort presenterar sig för sina hjälpare, de två gör detsamma. "Jag heter Michael och jag är läkare." Den äldre av de två presenterar sig själv. "Ditt tillstånd är katastrofalt, det är åtminstone mitt första intryck av dig. Jag kan inte bedöma möjliga inre skador. För att göra detta måste jag undersöka dig närmare vad som är omöjligt i den här fängelsecellen. Ditt liv är inte i omedelbar fara, men du behöver akut läkarvård. Vilken typ av brutal kamp kom du in i?" "Ja, det är sant!

Auf mich und auf viele andere friedlich Demonstrierende wurde brutal eingeschlagen, aber aus anderen Gründen als du vielleicht denken magst." Und Christian beginnt seine Erlebnisse auf dem Wenzelsplatz in Prag zu erzählen. Eine ungewöhnliche Stille ist im Raum. Kaum hört man den Atem der Gefangenen. Einige wischen sich mit ihrem Ärmel über die Augen, keiner spricht ein Wort.

Plötzlich laute Schließgeräusche. Die Zellentür wird ruckartig aufgerissen und zwei Gefängniswärter, jeder mit einem Knüppel in der Hand, stürmen wie wilde Büffel herein, schreien und brüllen herum und schlagen brutal auf alle Gefangenen ein, bis jeder von ihnen, beide Hände schützend über den Kopf haltend, auf seiner Matratze liegen bleibt. Sichtlich stolz auf ihre Taten feixen sie über ihr ganzes Gesicht, und klopfen sich gegenseitig anerkennend auf die Schultern. Beim Verlassen der Zelle, so als guter Nacht Gruß, tritt Christian einer der beiden Wärter mit seinem Stiefel in den Rücken. Die Schmerzensschreie klingen für diese Schurken vermutlich wie Musik. Lautstark wird die Zellentür geschlossen und mit ihren Schlüsseln rasseln sie noch eine Weile an den Zellentüren und Gittern herum. Und wieder sucht sich die Stille einen Platz in dieser kleinen, dunklen Gefängniszelle. Diesmal sind es nicht die Männer die weinen, die Seele jedes Mitgefangenen, die den Schmerz, die Angst und die Hilflosigkeit zum Ausdruck bringt. Nein! Es ist die pure Furcht vor Gewalt und Demütigung. Der rettende Schlaf bringt allen für ein paar Stunden etwas Ruhe.

Wieder lautes Schlüsselrasseln an den Zellentüren, es soll wohl den morgendlichen Weckruf ersetzen. Schmerzverzerrt von der nächtlichen Prügeltortour durch die Gefängniswärter, bemühen sich Christians Mitgefangene ihre Matratzen zu ordnen. Michael greift ihm behutsam unter die Arme und richtet ihn auf. „Dein Zustand ist furchtbar!" Meint Michael mit sorgenvollem Blick zu Christian. Bei dem melden sich alarmierend der Darm und seine Blase. „Michael, ich muss dringend auf Toilette!

Jag och många andra fridfulla demonstranter blev brutalt misshandlade, men av andra skäl än du kanske tror. "Och Christian börjar berätta om sina upplevelser på Vaclavplatsen i Prag. Det är en ovanlig tystnad i rummet. Du kan knappt höra fångarna andas. En del torkar ögonen med ärmarna, ingen talar ett ord.

Plötsligt högt stängande ljud. Celldörren ryckte ut och två fängelsevakter, var och en med en klubb i handen, stormar in som vilda bufflar, skriker och brusar runt och slår brutalt alla fångar tills var och en av dem håller båda händerna över huvudet för att skydda den, förblir liggande på hans madrass. Synligt stolta över sina gärningar, de smirar över hela ansiktet och klappar varandra uppskattande på ryggen. När han lämnar cellen, som en god natt hälsning, sparkar Christian en av de två vakterna i ryggen med sin bagage. Smärta skrik låter antagligen som musik för dessa skurkar. Celldörren stängs högt och nycklarna raslar runt celldörrarna och stängerna ett tag. Och återigen söker tystnaden en plats i denna lilla, mörka fängelsecell. Den här gången är det inte männen som gråter, själen hos alla medfångar som uttrycker smärtan, rädslan och hjälplösheten. Nej! Det är den rena rädslan för våld och förödmjukelse. Den sparande sömnen ger alla lite vila i några timmar.

Återigen en hög nyckel som skramlar på celldörrarna, den borde troligen ersätta morgonväckningen. Förvrängd av smärta från fängelsevakternas nattliga misshandel försöker Christians medfångar ordna sina madrasser. Michael tar honom försiktigt under armarna och räcker upp honom. "Ditt tillstånd är hemskt!" Säger Michael till Christian med en orolig blick. Tarmarna och urinblåsan rapporterar oroväckande. "Michael, jag måste verkligen gå på toaletten!

Weißt du wo ich das hier in der Zelle tun kann?" „Wir haben hier in der Zelle kein Klo!" „Ach! Und wie soll ich, na du weißt schon was ich meine? Muss ich etwa nach diesen Wärtern rufen? Die verprügeln mich ja gleich noch mal! Ich kann doch dafür nicht meine Trainingshose benutzen? Das geht doch nicht!" Michael nimmt ihn am Arm, und führt ihn in die Ecke neben dem winzigen Gitterloch in der Außenwand. Dort entdeckt Christian einen abgedeckten Metallkübel. Jetzt wird ihm auch klar, woher in der Zelle der entsetzliche und unerträgliche Fäkaliengestank kommt. Ganz gleich wie er atmet, mit der Nase oder mit dem Mund, er ist immer kurz davor sich zu übergeben. Ungläubig schaut er zu Michael der sich schon diskret von ihm entfernt hat, dann wieder auf den Kübel in der Ecke. „Soll ich etwa? Nein! Das kann ich nicht! Wirklich nicht, Michael! Wir sind doch nicht im Mittelalter!" „Doch, Christian! Das gilt besonders für politische Gefangene. In den Augen der Regierung unseres Landes sind wir Vaterlandsverräter, Staatsfeinde und Kollaborateure, dich eingeschlossen! Ihr in der DDR habt es da vergleichsweise noch komfortabel. Wenn ich diesen elitären Ausdruck in diesen Mauern und unter diesen Verhältnissen verwenden darf. Politische Gefangene kauft die BRD aus den Gefängnissen bei euch in der DDR ab. Ihr müsst nicht allzu lang in diesen Kerkern leiden." „Was haben wir verbrochen, dass wir so behandelt werden, Michael? Was sind das für Menschen, die sich für so ein menschenunwürdiges Handeln hergeben?" „Schau mich nicht so an! Vor dir steht so ein Held mit seinen Zellengenossen, die das gerne ändern möchten, und wo sind wir? In einem Zuchthaus in Prag. Alle, die du hier in diesem Raum siehst träumen und kämpfen dafür, die Zustände bei uns im Land zu ändern."

Was für eine menschliche Tragödie, denkt Christian im Stillen und wie in einem Dokumentarfilm laufen vor seinen Augen die Ereignisse des Prager Frühlings ab. Die letzten Gedanken, die er noch bewusst versucht in seinem Kopf zu bearbeiten, sind für ihn mehr als entmutigend.

Vet du var jag kan göra det här i den här cellen?" "Vi har ingen toalett här i cellen!" "Åh! Och hur skulle jag, väl du hörde, var jag min? Måste jag ringa efter dessa vakter? De slår mig igen! Jag hör inte vilken av mina träningsbyxor? Det är inte möjligt! "Michael tar honom vid armen och visar honom i hörnet bredvid sitt eget gallerhål i ytterväggen. Christian har en täckt metallhink där. Nu är det klart för honom att han hörde den fruktansvärda och outhärdliga stanken av avföring i cellen. Oavsett hur han andas, med näsan eller med munnen, är han alltid på väg att tillhöra. I misstro sa han till Michael, som redan har lyssnat diskret på honom, sedan tillbaka till hinken i hörnet. "Borde jag? Nej! Jag kan inte göra det! Verkligen inte, Michael! Vi är inte i medeltiden!" "Ja, Christian! Den förgyllda specialen för politiska fångar. I regeringens ögon är våra länder förrädare, statens fiender och medarbetare. Du i DDR har fortfarande jämförbar komfort. Om jag kan använda detta elitistiska uttryck inom dessa väggar och under dessa förhållanden. FRG köper politiska fångar från fångar från dig i DDR. Ni behöver inte alla lida länge i dessa fängelsehålor." "Var vi brott begåtna för att vara så vilse, Michael? Var det för människor som ger upp sig för sådana omänskliga beteenden?" "Titta inte på mig så! Framför dig står en sådan hjälte med sina cellkamrater, som kallas kärlek, och var är vi? I ett kriminalvård i Prag. Alla som du ser här i detta rum drömmer och motstår att förändra situationen i vårt land."

Vilken mänsklig tragedi, tänker Christian för sig själv och händelserna under Prags vår utvecklas framför hans ögon som i en dokumentär. De sista tankarna som han medvetet försöker arbeta igenom i hans huvud är mer än skrämmande för honom.

Doch zeigt sich bei diesen schlechten Aussichten auch ein kleiner Lichtfleck. Was wird auf mich zukommen, denkt Christian mit letzter Kraft. Vermutlich Abschiebung an die Stasi in der DDR, Verhöre, Verurteilung, Zuchthaus! Anschließend Wiedereingliederung in den Arbeiter- und Bauernstaat mit Bewährung in der sozialistischen Produktion, Bereich Müllentsorgung oder Straßenreinigung. Möglicherweise und mit etwas Glück, Abschiebung in die BRD. Christian ist sich dessen bewusst, dass die Tage in Prag seine Einstellung zur Politik von sozialistischen Staaten und sein zukünftiges Leben grundlegend verändern werden. Er muss sich übergeben und verliert das Bewusstsein. Ein Trost für ihn, nicht weiter an das Kommende denken zu müssen, was ganz sicher in den nächsten Tagen auf ihn zukommen wird. Erlebnisse, die er sicherlich nicht so schnell vergessen wird.

Men med dessa dåliga utsikter finns det också en liten plats för ljus. Vad väntar mig, tänker Christian med sin sista styrka. Förmodligen utvisning till Stasi i DDR, förhör, fällande dom, fängelse! Därefter återintegreras i arbetarnas och böndernas tillstånd med prövning i socialistisk produktion, avfallshantering eller gatustädning. Eventuellt och med lite tur, utvisning till FRG. Christian är medveten om att dagarna i Prag i grunden kommer att förändra hans attityd till socialistiska staters politik och hans framtida liv. Han kräks och går ut. En tröst för honom att inte behöva tänka på vad som kommer, vilket säkert kommer till honom de närmaste dagarna. Upplevelser som han säkert inte kommer att glömma snart.

Ein ungewisser Flug

Seit es Grenzposten, Stacheldrahtzäune und Minenfelder gibt, können Menschen fliegen.

Dietmar Dressel

Was für ein schöner und lauwarmer Septemberabend in der Innenstadt von Leipzig. Besser wäre es, wir würden uns in der Pinguinbar treffen, überlegt Joachim und schlendert weiter in Richtung Erdener Treppchen. Ein dezent eingerichtetes Restaurant mitten in der Altstadt von Leipzig und mit einer exzellenten Küche. Während der Leipziger Herbst- und Frühjahrsmesse ist es nicht so einfach einen Sitzplatz in diesem viel besuchten Lokal zu ergattern. Petra hat hoffentlich schon zwei Plätze gebunkert, sonst wird es schwierig im Stehen und mit leerem Magen einen Fluchtplan zu besprechen. Mein Bauch würde sich bestimmt freuen, wenn er was Leckeres zum Essen bekäme. Seit Mittag knurrt er ohnehin schon. Murmelt Joachim leise vor sich hin und öffnet die Tür zur Gaststätte.

„Hallo Petra, schön dass wir beide in Ruhe sitzen und essen können. Wie war's im Büro?" Joachims Verlobte ist Sektionsleiterin bei der Deutschen Hochschule für Körperkultur in Leipzig, und verantwortlich für das Bereich Leistungsschwimmen. „Meine ganze Truppe ist in Rom zum Schwimmwettkampf! Ich darf da wegen meiner engen Verwandtschaft in Westdeutschland, wie du ja weißt, nicht dabei sein. Damit ist mein Büro wie ausgefegt, und ich habe mehr Zeit für mich und natürlich auch für dich. Ich möchte dir unseren Messegast, Herrn Reinhold aus Düsseldorf vorstellen. Du weißt ja, meine Mutter vermietet während der Frühjahrsmesse und Herbstmesse immer an westdeutsche Messegäste. Der lieben Westmark wegen?"

En osäker flygning

"Eftersom det fanns gränsposter, taggtrådsstaket och gruvor, har människor kunnat flyga."

Dietmar Dressel

Vilken vacker och ljumsk septemberkväll i centrala Leipzig. Det vore bättre om vi skulle träffas i pingvinbaren, tänker Joachim och rusar vidare mot Erdener-pallen. En anständigt inredd restaurang mitt i gamla stan i Leipzig och med utmärkt mat. Under höst- och vårmässan i Leipzig är det inte så lätt att få plats i denna mycket besökta restaurang. Förhoppningsvis har Petra redan bunkrat två platser, annars blir det svårt att diskutera en flyktplan medan du står och med tom mage. Min mage skulle definitivt vara glad om den fick något gott att äta. Han har ändå morrat sedan middagstid. Joachim mumlar mjukt för sig själv och öppnar dörren till restaurangen.

"Hej Petra, trevligt att vi båda kan sitta och äta i fred. Hur var det på kontoret? "Joachims fästmö är sektionschef vid det tyska universitetet för fysisk kultur i Leipzig och ansvarig för tävlingssimning. "Hela gruppen är i Rom för en simtävling! På grund av mina nära släktingar i Västtyskland får jag, som ni vet, inte vara där. Detta gör mitt kontor rent och jag har mer tid för mig själv och naturligtvis också för dig. Jag skulle vilja presentera dig för vår mässgäst, Reinhold från Düsseldorf. Du vet, min mamma hyr alltid ut till västtyska mässgäster under vår- och höstmässan. På grund av det kära Westmark?"

„Guten Abend, Herr Reinhold, wie gefällt ihnen unser schönes Leipzig und wie sind sie mit dem Messeangebot und ihren Messegeschäften zufrieden?" „Ich will ja dieser altehrwürdigen Stadt nicht zu nahe treten, verbesserungswürdig wäre da schon noch einiges an Sehenswürdigkeiten. Doch dafür fühle ich mich bei den Eltern ihrer Freundin sehr gut untergebracht. Die Geschäftsanbahnungen mit meinen Messepartnern aus Polen verlaufen recht vielversprechend." Seinem Gesichtsausdruck kann man ansehen, dass er auf dieses Thema nicht näher eingehen will und Herr Reinhold wechselt auch gleich die Thematik. „Aus den abendlichen Gesprächen mit Petras Eltern, besonders mit ihrem Vater, erfuhr ich von ihrer geplanten Urlaubsreise nach Bulgarien? Warum ausgerechnet dieses Land? Was gefällt ihnen dort so gut? Haben sie keine Lust auch einmal in Spanien, Italien oder Frankreich ihren Urlaub zu verbringen?" „Bitte etwas leiser, Herr Reinhold!" „Ach so, Entschuldigung! Hie und da vergesse ich, dass ich in der DDR bin." „Danke! Ja, Spanien, Herr Reinhold, möchten schon, aber das ist für uns zu teuer, auch wenn wir beide sehr gut verdienen. Derzeit haben wir einen Umrechnungsfaktor zwischen Mark der DDR und Mark der BRD von sechs zu eins. Um eine Westmark einzutauschen, müssen wir sechs Mark der DDR hinblättern. Angenommen eine dreiwöchige Urlaubsreise nach Spanien kostet uns mit allem Drum und Dran zirka dreitausend Westmark, dann kostet uns das umgerechnet zirka achtzehntausend Mark der DDR. Für achtzehntausend Mark können wir uns einen komfortablen Mittelklassewagen kaufen, jedenfalls für unsere Verhältnisse. Bleibt die staatliche Genehmigung noch zu klären, um nach Spanien, also ins westliche Ausland reisen zu können? Was äußerst unwahrscheinlich sein dürfte." „Das verstehe ich! Aber nochmal zum Thema Urlaub im so genannten westlichen Ausland. So heißt das doch, glaube ich jedenfalls, in ihrem amtlichen Sprachgebrauch?" Und etwas leiser werdend fährt Herr Reinhold fort.

"God kväll, herr Reinhold, hur gillar du vårt vackra Leipzig och hur nöjd är du med mässerbjudandet och din mässverksamhet?" "Jag vill inte komma för nära den här ärafulla staden, det finns fortfarande några sevärdheter som kan förbättras. Men jag känner mig mycket väl inrymd hos hennes väns föräldrar. Affärsaffären med mina mässpartner från Polen är mycket lovande. "Man ser på hans ansiktsuttryck att han inte vill gå in på detta ämne och herr Reinhold ändrar ämnet samtidigt. "Från kvällens samtal med Petras föräldrar, särskilt med sin far, fick jag veta om din planerade semesterresa till Bulgarien? Varför detta land av alla platser? Vad gillar du så mycket där? Känner du inte för att tillbringa din semester i Spanien, Italien eller Frankrike?" "Tystare snälla, herr Reinhold!" "Åh, förlåt! Då och då glömmer jag att jag är i DDR." "Tack! Ja, Spanien, herr Reinhold, skulle vilja, men det är för dyrt för oss, även om vi båda tjänar mycket bra. För tillfället har vi en omvandlingsfaktor mellan Mark för DDR och Mark för FRG på sex till en. För att byta ett Westmark måste vi betala sex DDR-mark. Om vi antar att en tre veckors semesterresa till Spanien kostar oss cirka tre tusen West Marks med allt beslag, så kostar det oss ungefär arton tusen östtyska mark. Vi kan köpa en bekväm mellanklassbil för arton tusen mark, åtminstone med våra medel. Behöver det statliga tillståndet fortfarande klargöras för att kunna resa till Spanien, dvs. till västländerna? Vilket borde vara extremt osannolikt." "Jag förstår! Men återigen när det gäller semester i så kallade västländer. Är det inte det, åtminstone tror jag, på ditt officiella språk?" Och när han blir lite tystare fortsätter Reinhold.

„Klaus Rüdiger, ein Tennispartner in unserem Verein, erzählte mir vor zirka vierzehn Tagen, dass sein Neffe aus Erfurt, hier bei ihnen in der DDR, ohne irgendwelchen Ausreiseproblemen seitens der Behörden in der DDR, in Frankreich seinen Urlaub verbrachte." „Ach was?" Kommt es Joachim völlig entgeistert von den Lippen. Auch völlig verständlich, wenn man bedenkt, dass es für den normalen Bürger der DDR, sowohl rechtlich als auch finanziell, jedenfalls in den meisten Fällen unmöglich ist, sich an der Cote d'azur in Frankreich, vierzehn Tage vom beruflichen Stress zu erholen. Herr Rheinhold unterbricht Joachims verlockende Gedanken an Sonne, Strand und Meer und fährt mit seinen Ausführungen fort. „Er soll Arzt in einem Krankenhaus bei Erfurt sein. Also nicht einer besonderen Parteiklasse angehören." „Ach nein! Das ist nicht zufällig eine Ente aus einem westdeutschen Boulevardblatt, Herr Reinhold?" „Nein, Joachim! Klaus Rüdiger erzählt mir keine Mä chen!" „Einmal angenommen, das stimmt alles. Bleibt ldie Frage, wie hat er das organisiert? Oder, wer hat ihm das hier bei uns in der DDR genehmigt? Und wieso ausgerechnet einem Arzt aus Erfurt? Hat der besondere Privilegien? Behandelt er medizinisch nur hohe Stasifunktionäre oder Mitglieder unserer Regierung?" Fragt Joachim etwas ungläubig zurück. Seinem Gesicht kann man die Zweifel gut ablesen.

„Ja, wie hat er das gemacht?" Spricht Herr Reinhold weiter. „Soweit ich mich an das Gespräch erinnern kann, soll es einen regelmäßigen Linienflug der DDR Interflug Gesellschaft von Dresden nach Prag geben. Dort wartete er auf eine Maschine der Lufthansa, die täglich von München über Prag und Budapest nach Istanbul fliegt. Der Zeitabstand zwischen beiden Maschinen, also Ankunft der DDR Maschine und Weiterflug mit der Maschine der Lufthansa, sei nur etwa dreißig Minuten. Also nicht mehr als eine kleine Kaffeepause.

"Klaus Rüdiger, en tennispartner i vår klubb, berättade för ungefär två veckor sedan att hans brorson från Erfurt, här med dig i DDR, tillbringade sin semester i Frankrike utan några emigrationsproblem från myndigheterna i DDR.?" "Det kommer från Joachims läppar, helt förskräckt. Helt förståeligt när man tänker på att det är omöjligt för den normala medborgaren i DDR, både juridiskt och ekonomiskt, i de flesta fall åtminstone i de flesta fall, att återhämta sig två veckor efter arbetsstress på Cote d'Azur i Frankrike. Herr Rheinhold avbryter Joachims spännande tankar om sol, strand och hav och fortsätter med sina kommentarer. "Han ska vara läkare på ett sjukhus nära Erfurt. Så hör inte till en speciell festklass." "Å nej! Är det inte en anka från en västtysk tabloid av en slump, Herr Reinhold?" "Nej, Joachim! Klaus Rüdiger berättar inte för mig några tjejer!" "En gång accepterad är allt korrekt. Frågan kvarstår, hur organiserade han det? Eller vem godkände det för honom här i DDR? Och varför en läkare från Erfurt överallt? Har han speciella privilegier? Behandlar han medicinskt bara höga Stasifunktionärer eller medlemmar av vår regering? "Frågar Joachim i misstro. Du kan läsa tvivel i hans ansikte.

"Ja, hur gjorde han det?" Fortsätter herr Reinhold. "Såvitt jag kan komma ihåg samtalet borde det finnas en regelbunden reguljärflygning av DDR Interflug Gesellschaft från Dresden till Prag. Där väntade han på ett Lufthansaplan som flyger dagligen från München via Prag och Budapest till Istanbul. Tidsskillnaden mellan de två maskinerna, dvs ankomsten av DDR-Maskinen och den fortsatta flygningen med Lufthansamaskinen, är bara cirka trettio minuter. Så inte mer än en kort kaffepaus.

Er blieb in dieser Zeit wohl im Transitraum des Prager Flughafens, und ersparte sich damit natürlich auch die ganzen Zollkontrollen am Prager Flughafen. Er versteckte sich, wohl auch um keine unnötige Aufmerksamkeit bei den sicherlich wachsamen Flughafenpolizisten zu wecken, für die Zwischenzeit in der Toilette. Wie er sich die Genehmigung für den Weiterflug mit der Lufthansamaschine nach Istanbul organisierte, behielt Klaus Rüdiger für sich. In Istanbul meldete er sich bei der Deutschen Botschaft und zwei Tage später war er in Düsseldorf. Na ja, und von dort nach Frankreich in den Urlaub zu fliegen, ist ja kein Problem." „Ach so! Und wo ist der Arzt jetzt?" „Na, wo wohl, in Düsseldorf!" „Ach nein! Das ist ja wie ein Glückstreffer im Lotto!" Haucht Joachim völlig verblüfft Petra zu! „Ich muss mich bei ihnen beiden entschuldigen. Ich treffe mich noch mit einem Geschäftsfreund aus Polen und muss sie allein lassen, sehr ungern!" Und sich an Petra wendend - „Ich sehe sie ja morgen bei ihren Eltern. Oder wollen sie das Frühstück ausfallen lassen?" „Nein, Herr Reinhold, ich freu mich schon darauf."

Herr Reinhold verabschiedet sich von ihnen und eilt zu seiner Geschäftsbesprechung. „Euren Messegast hat uns beiden der Himmel geschickt, Petra. Ich bezahle erst mal unsere Rechnung, alles andere besprechen wir draußen. Hier sind zu viele Leute, und einige davon mit zu großen Ohren." Zum nahe gelegenen Parkplatz schlendernd, suchen sie sich eine unbesetzte Bank, kuscheln sich wie ein verliebtes Paar zusammen und genießen die angenehme Abendluft. „Einmal unterstellt, Herr Reinhold haut uns mit seiner Geschichte nicht die Taschen voll, erscheint das Risiko, das wir eingehen müssen, vergleichsweise gering. Wenn ich bedenke, was wir alles schon für Fluchtwege durchdacht haben, um hier aus diesem Land weg zu kommen, riskieren wir bei dieser Möglichkeit auf keinen Fall unsere Gesundheit oder noch schlechter, unser Leben.

Under denna tid stannade han i transitområdet på Prags flygplats och räddade självklart själv alla tullkontroller på Prags flygplats. Han gömde sig på toaletten under tiden, förmodligen också för att inte väcka onödig uppmärksamhet från flygplatspolisen, som verkligen var vaksamma. Klaus Rüdiger höll för sig själv hur han organiserade godkännandet för den fortsatta flygningen med Lufthansa-planet till Istanbul. I Istanbul rapporterade han till den tyska ambassaden och två dagar senare var han i Düsseldorf. Tja, och att åka på semester därifrån till Frankrike är inget problem." "Åh! Och var är läkaren nu?" "Nå, var, i Düsseldorf!" "Å nej! Det är som en lycklig hit i lotteriet! "Andas Joachim, helt förvånad, över Petra!" Jag måste be om ursäkt till er båda. Jag träffar fortfarande en affärsvän från Polen och måste lämna henne i fred, väldigt motvilligt! "Eller vill du hoppa över frukosten?" "Nej, herr Reinhold, jag ser fram emot det."

Herr Reinhold säger adjö till dig och rusar till sitt affärsmöte. "Himlen skickade din mässagäst till oss båda, Petra. Jag betalar vår räkning först, vi diskuterar allt annat utanför. Det finns för många människor här, och några av dem med öron som är för stora. "På promenad till den närliggande parkeringsplatsen hittar de en ledig bänk, kramar sig som ett kärlekspar och njuter av den trevliga kvällsluften." Förutsatt att Herr Reinhold inte fyller våra fickor med sin berättelse, verkar risken vi måste ta relativt låg. När jag tänker på alla flyktvägar har vi redan tänkt ut att komma ut från detta land, med denna möjlighet riskerar vi inte på något sätt vår hälsa eller ännu värre våra liv.

Wir werden ja nicht im Flughafengebäude eine wilde Schießerei veranstalten, sondern uns unauffällig, wie alle anderen Fluggäste benehmen. Wo ist für uns das Risiko, Petra, wie denkst du darüber? „Bist du sicher, Joachim, dass das alles nicht nur eine wilde Story ist?" „Ok, und wenn schon? Der Versuch wäre es doch wert. Wir können nicht erschossen werden, ertrinken können wir auch nicht und Minenfelder gibt es in einem Flughafengebäude ganz bestimmt nicht. Stellen wir bei der Ankunft in Prag fest, dass es den Flug der Lufthansamaschine über Budapest nach Istanbul dreißig Minuten später überhaupt nicht gibt, machen wir einen Bummel in Prag, und fliegen wieder nach Hause. Ich werde den Rückflug mitbuchen. Vorsichtshalber, damit niemand im Reisebüro auf abwegige Gedanken kommen könnte. Wir riskieren vielleicht beide, dass sie uns möglicherweise auf dem Flughafen festnehmen und einsperren. Ja, das Risiko haben wir! Es ist zwar sehr gering, aber es ist möglich. Ok, dann stellen wir eben im Gefängnis einen Antrag auf Aberkennung der Staatsbürgerschaft der DDR und Ausreise nach Westdeutschland. Mit etwas Glück werden wir von der BRD aus dem DDR Zuchthaus abgekauft und nach Westdeutschland ausgeliefert. Das kann vielleicht ein bis zwei Jahre dauern, aber unser Leben riskieren wir auf keinen Fall. Der DDR fehlen ja hinten und vorn Devisen, also Westmark, Dollars und andere westliche Zahlungs-mittel. Die neunzigtausend Westmark, die sie für jeden politischen Häftling von der BRD erhalten, ist da eine willkommene Gabe. Wollen wir, was meinst du?" „Ok, Joachim, wir wären ja dumm, dem Wink des Schicksals nicht zu folgen!" „Ok, Petra, wie heißt das Sprichwort so treffend: „Was du heute kannst besorgen, das verschiebe nicht auf morgen". „Ich werde mich in dieser Woche um die Flugtickets nach Prag kümmern. Deinen und meinen Eltern sagen wir, dass wir ein Wochenende in Prag verbringen wollen. Vergiss bitte nicht unsere ganzen Dokumente einzupacken, die benötigen wir in München!"

Vi kommer inte att ha en vild skytte i flygplatsbyggnaden, utan snarare uppför oss påfallande som alla andra passagerare. Var är risken för oss, Petra, hur tycker du om det? "Är du säker, Joachim, att allt detta inte bara är en vild historia?" "Ok, tänk om det är? Det skulle vara värt att prova. Vi kan inte skjutas och inte heller drunkna, och det finns definitivt inga minfält i en flygplatsbyggnad. När vi anländer till Prag får vi reda på att Lufthansa-planet via Budapest till Istanbul inte ens flyger trettio minuter senare, så vi går en promenad i Prag och flyger hem igen. Jag bokar returflyget. Som en försiktighetsåtgärd, så att ingen i resebyrån kan få fel idéer. Vi kan båda riskera att de arresterar oss på flygplatsen och låser oss. Ja, vi har risken! Det är väldigt litet, men det är möjligt. Okej, då kommer vi att ansöka i fängelse om att medborgarskapet i DDR ska dras tillbaka och åka till Västtyskland. Med lite tur kommer vi att köpas från DDR-fängelset av FRG och utlämnas till Västtyskland. Det kan ta ett år eller två, men vi riskerar inte våra liv på något sätt. DDR saknar utländsk valuta fram och tillbaka, dvs. West Marks, Dollars och andra västerländska betalningsmedel. De nittio tusen West Marks som de får från FRG för varje politisk fånge är en välkomstgåva. Vill vi, vad tycker du?" "Okej, Joachim, vi skulle vara dumma att inte följa antydan till ödet!" "Ok, Petra, som ordspråket säger: "Vad du kan få i dag, skjut upp det imorgon." "Jag tar hand om flygbiljetterna till Prag den här veckan. Vi säger till dina och mina föräldrar att vi vill tillbringa en helg i Prag. Glöm inte att packa alla våra dokument, vi behöver dem i München!"

Mit klopfendem Herzen und weichen Knien steht Joachim am Reisebüro in der Nähe vom Karl-Marx-Platz und überlegt sich sehr genau, welche Fragen von den Angestellten auf ihn zukommen könnten. Eine halbe Stunde später hält er zwei Flugtickets in den Händen. Abflug kommenden Samstag, fest gebucht für Hin- und Rückflug Dresden–Prag- Dresden, so wie sie es geplant haben. So richtig glauben kann er nicht, dass das alles so ohne Komplikationen ablief. Immer wenn etwas sehr einfach erscheint, überlegt Joachim, muss man alle Alarmglocken anschalten. Ein Sprichwort sagt ja so weise - „Der bessere Teil der Tapferkeit, ist die Vorsicht." Schneller als gedacht ist der letzte Tag vor dem großen Ereignis da. Morgen wollen beide einen Weg gehen, den man nicht ohne Risiko aus der DDR nach Westdeutschland unternehmen kann. Viele verlieren dabei ihr Leben, nehmen großen Schaden an ihrer Gesundheit oder marschieren unfreiwillig in ein Zuchthaus. Eigentlich absurd wenn man bedenkt, dass es Menschen gibt die, aus welchen Gründen auch immer, nur in einem anderen Land leben wollen. Wenn das alles nicht so ernst wäre, könnte man meinen, dass es nur ein politischer Witz sein könnte. Joachim und Petra sitzen in ihrem Lieblingslokal und besprechen am Tisch ihr Vorhaben. Ein Bier für ihn und ein Glas Rotwein für sie dürfen dabei nicht fehlen. Es soll ja, so sagt man jedenfalls im Volksmund, den Körper und vielleicht auch den Geist entspannen. „Mein lieber Joachim, von meinen Nerven kannst du einen Pfeil abschießen, so gespannt sind sie. Wie ist der Zeitplan für morgen?" „Unser Zug von Leipzig nach Dresden fährt am Vormittag zehn Uhr fünfzehn ab. Zwölf Uhr zwanzig sind wir in Dresden. Von dort brauchen wir mit dem Taxi etwa dreißig Minuten bis zum Flughafen. Fünfzehn Uhr vierzig startet die Maschine nach Prag. Das Zeitpolster von ungefähr zweieinhalb Stunden müsste reichen, um ungeplante Verzögerungen bei der Bahnfahrt nach Dresden oder die Fahrt mit dem Taxi zum Flughafen auszugleichen." „Joachim, das läuft alles so glatt, mir wird richtig unheimlich dabei." „Wem sagst du das? Die Gedanken haben mich auch schon eingeholt. Ganz ehrlich!

Med ett bultande hjärta och svaga knän står Joachim vid resebyrån nära Karl-Marx-Platz och funderar mycket noga över vilka frågor de anställda kan ställa honom. En halvtimme senare håller han två flygbiljetter. Avgång nästa lördag, ordentligt bokat för en returflyg Dresden - Prag - Dresden, som du har planerat. Han kan inte riktigt tro att allt hände utan komplikationer. När något verkar väldigt enkelt, tänker Joachim, måste du sätta på alla larmklockor. Ett ordspråk säger så klokt - "Den bästa delen av mod är försiktighet." Den sista dagen innan den stora evenemanget kommer snabbare än förväntat. I morgon vill båda ta en väg som inte kan tas från DDR till Västtyskland utan risk. Många tappar livet i processen, skadar hälsan eller marscherar ofrivilligt in i fängelset. Egentligen absurt när man tänker på att det finns människor som av någon anledning bara vill bo i ett annat land. Om detta inte var så allvarligt skulle du tro att det bara kunde vara ett politiskt skämt. Joachim och Petra sitter i sin favoritbar och diskuterar sina planer vid bordet. En öl för honom och ett glas rött vin för henne borde inte saknas. Det är tänkt att slappna av i kroppen och kanske också sinnet, säger de i allmänheten. "Min kära Joachim, du kan skjuta en pil från mina nerver, de är så glada. Vad är schemat för imorgon?" "Vårt tåg från Leipzig till Dresden avgår klockan tio femton på morgonen. Vi är i Dresden klockan tolv tjugo. Därifrån behöver vi cirka trettio minuter med taxi till flygplatsen. Flygplanet avgår till Prag klockan tre fyrtio. Tidsdynan på cirka två och en halv timme borde vara tillräcklig för att kompensera för oplanerade förseningar i tågresan till Dresden eller taxituren till flygplatsen." "Joachim, allt går så smidigt, jag blir riktigt läskig." "Vem säger du det till? Tankarna har redan fått mig. Ärligt!

So einerlei ist mir auch nicht. Lass dir morgen, wenn du dich von deinen Eltern verabschiedest, nichts anmerken. Die Zeit, bis wir Verwandte und Freunde mal wiedersehen können, kann lange dauern. Du weißt ja, auf den Kopf gefallen ist dein Vater nicht. Wir verbringen zwei Tage in Prag, machen einen Einkaufsbummel und werden am Sonntagabend in Prag in die Oper gehen. Montag sind wir wieder in Leipzig. Urlaub für diesen einen Tag haben wir eingereicht, und ist genehmigt. Meinen Eltern sage ich das gleiche.

Es ist soweit, Petra und Joachim starten pünktlich mit der Interflugmaschine nach Prag. Das laute Motorengeräusch der russischen Maschine ist für jede Plauderei ein lautstarkes Hindernis. Was soll's, die kurze Strecke von Dresden nach Prag ist schnell überwunden und den anstrengenden Lärmpegel müssen beide zirka eine halbe Stunde ertragen. „Was wir jetzt brauchen, Petra, sind gute Nerven, eine handvoll Mut, eine Menge Geduld und viel Glück. Und vom Glück einen möglichst großen Haufen." Langsam rollt die russische Maschine vom Typ Iljuschin achtzehn auf dem Flughafengelände zu ihrem Standplatz. Ein Bus, älterer Bauart, bringt die Fluggäste zu einem Gebäude des Prager Flughafens. „Ok, was jetzt, du Planungsstratege?" „Pass auf! Ich werde einen der hier herumstehenden Uniformierten fragen, wo die Toiletten sind, uns ist vom Flug schlecht geworden." „Ok, mach! So falsch ist das ja auch nicht. Mir ist wirklich hundeübel, aber nicht vom Flug!" Nach einigen Minuten kommt Joachim, sich verkrampft den Bauch haltend zu Petra, nimmt sie am Arm und läuft mit ihr auf zwei Türen zu, die eindeutig als Toiletten gekennzeichnet sind. „So, Petra, jetzt schnell andere Sachen anziehen und vergiss nicht deine Perücke aufzusetzen. Pass auf, dass dich in der Toilette niemand beobachtet! Auf unseren Koffer in der Gepäckausgabe müssen wir verzichten – wir haben dafür keine Zeit und außerdem ist das auch zu riskant. Die Maschine aus München ist schon hier, jedenfalls wurde auf der Ankunftstafel die Landung angezeigt. Die Geschichte ist bis jetzt erstmal wahr.

Jag bryr mig inte så mycket heller. I morgon, när du säger adjö till dina föräldrar, låt det inte visa sig. Det kan dröja länge innan vi kan se släktingar och vänner igen. Du vet att din far inte föll på huvudet. Vi spenderar två dagar i Prag, shoppar och går till opera i Prag på söndag kväll. Vi är tillbaka i Leipzig på måndag. Vi har lämnat ledighet för denna en dag och har godkänts. Jag säger samma sak till mina föräldrar.

Tiden är inne, Petra och Joachim börjar punktligt med flygplanet till Prag. Det ryska maskinens höga motorljud är ett högt hinder för varje chatt. Vad fan, det korta avståndet från Dresden till Prag övervinns snabbt och båda måste tåla den ansträngande ljudnivån i ungefär en halvtimme. "Vad vi behöver nu, Petra, är goda nerver, en handfull mod, mycket tålamod och lycka till. Och om du har tur, så stor en hög som möjligt. "Det ryska Ilyushin arton flygplan rullar långsamt till sin monter på flygplatsens mark. En äldre typ av buss tar passagerare till en byggnad på Prags flygplats. "Ok, nu, planeringsstrateg?" Jag frågar en av de uniformerade männen som står här var toaletterna, vi blev sjuka från flygningen." "Ok, gå! Det är inte heller så fel. Jag är riktigt sjuk som hund, men inte från flygningen! "Efter några minuter kommer Joachim till Petra, håller fast magen, tar henne i armen och går med henne mot två dörrar som är tydligt markerade som toaletter. "Så, Petra, ta nu snabbt på dig andra saker och glöm inte att ta på dig din peruk. Se till att ingen tittar på dig på toaletten! Vi måste klara oss utan resväskan i bagageanvändningen - vi har inte tid för det och det är också för riskabelt. Flygplanet från München är redan här, i alla fall angavs landningen på ankomstbrädan. Historien är sant för tillfället.

Jetzt kommt die gefährlichste Etappe." „Sag mal, könnten wir diese Teilstrecke nicht einfach überspringen?" „Na, du hast ja noch Humor. Ok, Petra, pass auf! Wir treffen uns in zehn Minuten vor der Toilettentür, gehen dann unauffällig zum Ausgang und reihen uns gemeinsam mit den anderen Fluggästen auf dem Weg zur Maschine der Lufthansa nach Budapest ein." „Ok, Joachim, ich beeil mich!" Minuten später stehen sie beide vor einen der Flugbegleiter der Lufthansamaschine. „Ihre Tickets bitte!" Die freundliche Stimme des Stuarts reist Petra und Joachim aus ihren Gedanken. Lähmende Angst sucht sich einen Platz in ihrem Gehirn und kriecht lang- sam in die Beine, die auf einem Mal nicht mehr so sicher auf den Boden stehen wollen. „Lange halte ich das nicht mehr aus!" Haucht Petra leise Joachim zu! Beide stehen kurz vor der Entscheidung, entweder mitfliegen dürfen oder sie werden als so genannte blinde Passagiere an die Flughafenbehörde überstellt.

„Ihre Tickets bitte!" Ach ja, denkt Joachim, der Stuart. Seine Stimme ist etwas ungeduldiger geworden. „Bitte haben sie einen Augenblick Zeit. Ich kann die Tickets nicht finden." Meint er so ruhig wie möglich und sucht in der Reisetasche herum. „Bleiben sie bitte im Vorraum stehen, ich komme gleich zurück!" Zwei Minuten später erscheint der Stuart mit dem Kapitän des Flugzeuges. Der mustert die beiden kurz. „Wie kommen sie an Bord unserer Maschine?" Die Stimme klingt nicht unfreundlich, aber das besagt ja nicht viel, denkt Joachim. Er nimmt seinen ganzen Mut zusammen und erklärt die Frage nach dem - Wie - sie an Bord der Lufthansamaschine kamen. Einige Zeit herrscht Schweigen und Joachim und Petra erreichen die Grenze ihrer Belastbarkeit. Beide wissen mit ihrem wachen Verstand und fühlen mit jeder Faser ihres Herzens, dass die nächsten Worte des Kapitäns ihr gemeinsames Leben entscheidend ändern werden, ohne dass sie darauf Einfluss nehmen könnten.

Nu kommer det farligaste steget." "Säg, kunde vi inte bara hoppa över det här avsnittet?" "Nåväl, du har fortfarande ett sinne för humor. Ok, Petra, se upp! Vi träffas om tio minuter framför toalettdörren, sedan går vi iögonfallande till avfarten och raderar med de andra passagerarna på väg till Lufthansa-planet till Budapest." "Ok, Joachim, jag skyndar! " Några minuter senare står de båda framför en av flygvärdarna på Lufthansa-maskinen. "Dina biljetter tack!" Stuarts vänliga röst driver Petra och Joachim ur sina tankar. Förlamande rädsla söker en plats i din hjärna och kryper långsamt upp dina ben, som plötsligt inte längre vill stå så säkert på marken. "Jag kan inte ta det mycket längre tid!" Petra andas mjukt åt Joachim! Båda håller på att avgöra om de ska flyga med dem eller så kommer de att överföras till flygplatsmyndigheterna som så kallade förflyttare.

"Dina biljetter, snälla!" Åh ja, tänker Joachim, Stuart. Hans röst har blivit lite mer otålig. "Ha ett ögonblick. Jag hittar inte biljetterna. "Han säger så lugnt som möjligt och tittar sig omkring i resväskan. "Vänligen stå i förrummet, jag är tillbaka!" Två minuter senare dyker Stuart upp med flygplanets kapten. Han tittar över dem kort. "Hur kommer du ombord på vårt plan?" Rösten låter inte ovänlig, men det betyder inte mycket, tycker Joachim. Han samlade upp allt sitt mod och förklarade frågan om hur de kom ombord på Lufthansa-flygplanet. Under ett tag är det tystnad och Joachim och Petra når gränsen för sin motståndskraft. Båda vet med sina vaksamma sinnen och känner med alla hjärtans fibrer att kaptenens nästa ord kommer att förändra deras liv tillsammans avgörande utan att de kan påverka det.

Der Kapitän blickt sie an und zeigt dann auf den neben ihm stehenden Flugbegleiter - „Der Stuart wird ihnen ihre Sitzplätze zeigen. Die Tickets für den Flug bezahlen sie, wenn sie in München sind in einem der dortigen Lufthansabüros! Und nach München wollen sie ja. Herr Schneider und damit zeigt er auf den neben ihn stehenden Flugbegleiter, wird ihnen zeigen, wo sie ihr Handgebäck ablegen können." Mit einem verständnisvollen Lächeln tippt er kurz an seine Kapitänsmütze und geht in Richtung Cockpit.

Joachims Aufschrei hallt durch das Flugzeug. Ein Schrei, der die Höllenqualen der letzten Stunden und die unendliche Freude und Erleichterung mit sich trägt. Petra bettet ihr Gesicht an Joachims Brust, froh und glücklich darüber, gemeinsam ein neues Leben in einer freien Welt beginnen zu können. Leise schließen sich die Flugzeugtüren und zielstrebig nimmt die Maschine Kurs nach Budapest.

Kaptenen tittar på dig och pekar sedan på flygvärdinnan som står bredvid honom - "Stuart visar dig dina platser. Du betalar för flygbiljetterna när du är i München på ett av Lufthansas kontor där! Och de vill åka till München. Herr Schneider, och med det pekar han på flygvärdinnan som står bredvid honom, kommer att visa dig var du ska lägga dina handväskor. "Med ett förståeligt leende knackar han på sin kaptenhatt och går mot sittbrunnen.

Joachims skrik ekar genom planet. Ett skrik som bär med sig de senaste timmars ångest och den oändliga glädje och lättnad. Petra bäddar in ansiktet på Joachims bröst, glad och glad att kunna börja ett nytt liv tillsammans i en fri värld. Flygplansdörrarna stängs tyst och planet sätter målmedvetet kurs mot Budapest.

Kinder sind wie geheimnisvolles Rätsel der Schöpfung und oftmals schwerer als alle zu lösen, aber der Liebe gelingt's, wenn sie sich bemüht, sich selober zu bezwingen.

Wenn ein Kind stirbt, stirbt die Zukunft

Dietmar Dressel

Der Schmerz ist der große Lehrer der Menschen. Unter seinem Hauche entfalten sich die Seelen.

Marie Freifrau von Ebner-Eschenbach

Liebe und Schmerz

D as Fenster weit geöffnet, sitzt ein Mann mit leicht ergrautem Kopfhaar mittleren Alters am Schreibtisch und bemüht sich zwei Dinge gleichzeitig leicht und gelassen zu bewältigen. Die Fülle der täglichen Geschäftspost, die sich noch einen freien Platz auf seinem Schreibtisch sucht und die vom Winterschlaf erwachte Natur, deren milder Hauch von Frühling sich einen Weg durch das offene Fenster bahnt und ihn versucht von seiner Arbeit abzulenken. Schwer fällt es ihm, sich diesem geheimnisvollen Zauber zu entziehen. Leider wird sein beruflicher Alltag und der Tagesrythmus von den Arbeitsgesprächen mit seinen Mitarbeitern, Telefonaten und Besprechungen bestimmt. Unvorstellbar, dass der gewohnte Arbeitsablauf auf einem Mal und ohne jeden Übergang stehen bleiben würde. Ein privates Telefongespräch an diesem späten Vormittag passt so ganz und gar nicht in seine gewohnte Büroatmosphäre. Die Patientin sei, gemeint ist seine Tochter Dorothea, bei einem Verkehrsunfall lebensgefährlich am Kopf verletzt worden. Ihr Zustand sei in einem sehr kritischen Zustand. Sein sofortiges Kommen ist dringend erforderlich.

Barn är som skapelsens mystiska gåta och ofta svårare att lösa än alla, men kärleken lyckas när hon försöker erövra sig själv.

När ett barn dör, dör framtiden

Dietmar Dressel

Smärta är människors stora lärare. Själar utvecklas under hans andetag.

Marie Freifrau von Ebner-Eschenbach

Kärlek och smärta

M ed ett öppet fönster sitter en medelålders man med något grått hår vid sitt skrivbord och försöker göra två saker samtidigt enkelt och lugnt. Överflödet av daglig affärspost som fortfarande letar efter ett ledigt utrymme på skrivbordet och naturen väckt från viloläge, vars milda fjäderandning tar sig igenom det öppna fönstret och försöker distrahera honom från sitt arbete. Det är svårt för honom att undkomma denna mystiska magi. Tyvärr bestäms hans vardagliga yrkesliv och den dagliga rytmen av arbetsdiskussionerna med sina anställda, telefonsamtal och möten. Det är ofattbart att det vanliga arbetsflödet skulle stoppa på en gång och utan någon övergång. Ett privat telefonsamtal sent på morgonen passar inte alls in i hans vanliga kontorsatmosfär. Patienten sägs vara hans dotter Dorothea, skadades allvarligt i huvudet i en trafikolycka. Hennes tillstånd är i ett mycket kritiskt tillstånd. Hans omedelbara ankomst behövs omedelbart.

Unbeweglich und wie versteinert sitzt er nun in seinem Bürosessel, unfähig sich zu rühren oder seine Umgebung wahrzunehmen. Nur langsam und mühsam sucht sich diese Botschaft einen Weg zu seinem Gehör und der Verstand weigert sich, die unheilvollen Worte aufzunehmen - vergeblich! Mit aller Kraft wehrt sich sein Geist gegen diese Nachricht. Sein Herz zieht sich krampfhaft zusammen und die Hände suchen hilflos einen Halt. Es fällt ihm schwer, seine Gedanken zu ordnen. Die von Tränen getrübten Augen zum Himmel gerichtet, suchen verzweifelt Gottes Hilfe - vergebens! Langsam versucht sein Verstand diese Nachricht wahrzunehmen und in seinem Kopf bemüht sich die Panik mit ungestümer Gewalt den Sieg davon tragen zu wollen. In diesen Minuten, zu keiner Handlung fähig, bittet er einen Kollegen ihn ins Krankenhaus zu seiner Tochter zu fahren. Die Sekretärin möge doch bitte seine Frau, die dienstlich in London weilt anrufen, damit sie so schnell wie möglich nach Hause kommt.

Nun steht er fassungslos am Krankenbett seiner Tochter und sieht sie so, wie er das niemals erleben wollte. Es ist wie der Blick in einen finsteren Abgrund, auf dessen Boden nur unendliches Leid und Schmerz warten.

Wie wilde Wirbel kreisen die Gedanken des Vaters um diesen verhängnisvollen Krater. Ist seine Tochter vor dem Sturz aus ihren gemeinsamen Leben noch zu retten? Oder wird sie ihnen genommen, für immer! Weinend und sich in Krämpfen windend versucht er die schrecklichen Gedanken nicht zu Ende zu denken. Sein Herz schreit verzweifelt vor Schmerz und bäumt sich auf gegen die Last, die es nicht mehr ertragen will und kann sich doch nicht dagegen wehren. Leise meint der Vater eine Stimme zu hören. Es ist nicht wahr! Nein, nein – um Gotteswillen nein! Es ist nur ein furchtbarer Traum. Und zu Gott ruft er verzweifelt – nimm mich, nimm doch mich, aber rette unsere Tochter!

Han sitter nu orörlig och förstenad i sin kontorsstol och kan inte röra sig eller uppfatta sin omgivning. Bara långsamt och med stor ansträngning hittar detta meddelande sin väg till hans hörsel och sinnet vägrar att acceptera de olycksbådande orden - förgäves! Hans ande försvarar sig med all kraft mot dessa nyheter. Hans hjärta samlas krampaktigt och hans händer hjälplöst söker grepp. Det är svårt för honom att organisera sina tankar. De tårmolniga ögonen vände sig mot himlen, söker desperat Guds hjälp - förgäves! Långsamt försöker hans sinne att uppfatta detta budskap och i hans huvud försöker paniken med kraftigt våld att försöka vinna. I dessa protokoll, utan att kunna agera, ber han en kollega att köra honom till sjukhuset för att träffa sin dotter. Sekreteraren ska ringa sin fru, som är i London på affärsresa, så att hon kan komma hem så snart som möjligt.

Nu bedövas han av sin dotters säng och ser henne på ett sätt som han aldrig ville uppleva. Det är som att titta in i en mörk avgrund, på vars botten bara oändligt lidande och smärta väntar.

Faderns tankar kretsar kring denna ödesdigra krater som vilda virvlar. Kan hans dotter fortfarande räddas från att falla från deras liv tillsammans? Eller kommer det att tas från dem för alltid! Han gråter och vrider sig i kramper och försöker att inte tänka igenom de fruktansvärda tankarna till slutet. Hans hjärta skriker desperat av smärta och sträcker sig mot den börda som det inte längre vill uthärda och ändå inte kan försvara sig mot. Fadern tror att han hör en röst mjukt. Det är inte sant! Nej, nej - för Guds skull nej! Det är bara en hemsk dröm. Och till Gud ropar han desperat - ta mig, ta mig, men rädda vår dotter!

Eine innere Stimme, wie von Geisterhand geweckt, flüstert ihm leise zu - spürst du nicht ihren Atem, fühlst du nicht ihren Herzschlag und die Wärme ihrer Haut. Die kleinen mühsamen Seufzer, die sich ihrer gequälten Brust entringen, sie lebt! Spürst du nicht ihren Kampf mit dem Tod, den sie mit ihrer ganzen Kraft besiegen will. Sie möchte euch nicht verlieren und ungewollt in einer anderen Welt allein sein, ohne ihren Eltern und Geschwistern. Natürlich will sie auch nicht das Leben auf der Erde, das für sie mit so jungen Jahren noch nicht zu Ende sein kann, verlieren müssen. Sie hat doch dieses Leben nur ein einziges Mal.

Die Tür zum Krankenzimmer öffnet sich langsam und eine leise, brüchige Stimme murmelt - „guten Tag!" Da steht er nun, der, der mehr weiß, aber das sieht man dem Gesichtsausdruck des Arztes nicht an. Die Augen des Vaters saugen sich an dem Gesicht des Mannes im weißen Kittel fest. Was wird sein Mund sagen? Werden seine Worte alle Hoffnungen zerstören oder dem Tag wieder Kraft und Zuversicht geben? „Sie müssen eine Entscheidung treffen!" Dunkel und für den Vater unverständlich klingen diese Worte, und bleiben wie geisterhafte Nebelfetzen im Raum haften. Leise spricht der Arzt weiter. „Durch die unfallbedingte schwere Kopfverletzung wurde das Gehirn ihrer Tochter irreparabel geschädigt. Nur durch unsere sofort eingeleiteten lebenserhaltenden, medizinischen Maßnahmen, werden wichtige Funktionen, wie Atmung und Herztätigkeit aufrechterhalten. Wir können für ihre Tochter nichts mehr tun! Unseren medizinischen Möglichkeiten sind bei dieser schweren Gehirnverletzung Grenzen gesetzt. Die Organe ihrer Tochter sind, im Gegensatz zur Kopfverletzung unverletzt geblieben, und könnten für andere, schwer kranke Menschen sehr hilfreich sein, und ihnen für eine befristete Zeit möglicherweise das Leben verlängern." Die letzten Worte spricht der Arzt behutsam und mit leiser Stimme.

En inre röst, som om den väcks av en magisk hand, viskar mjukt åt honom - om du inte kan känna hennes andetag, känner du inte hennes hjärtslag och hennes värme. De små mödosamma suckarna som vrider sig ur hennes plågade bröst, hon lever! Känner du inte hennes kamp med döden, som hon vill besegra med all sin styrka. Hon vill inte förlora dig och oavsiktligt vara ensam i en annan värld utan sina föräldrar och syskon. Naturligtvis vill hon inte behöva förlora livet på jorden, vilket inte kan vara över för henne i en så ung ålder. Hon har bara detta liv en gång.

Dörren till sjukhusrummet öppnas långsamt och en låg, ömtålig röst mumlar - "Hej!" Där står han nu, den som vet mer, men man kan inte säga från läkarens ansiktsuttryck. Faderns ögon är riktade mot mannen i den vita kappan. Vad kommer hans mun att säga Kommer hans ord att förstöra alla förhoppningar eller återställa styrka och förtroende för dagen? "Du måste fatta ett beslut!" Dessa ord låter mörkt och obegripligt för fadern och håller fast vid rummet som spöklika dimma. Läkaren fortsätter att tala mjukt. "Hennes dotters hjärna skadades irreparabelt av den allvarliga huvudskada som orsakades av olyckan. Viktiga funktioner som andning och hjärtaktivitet kan bara upprätthållas genom våra omedelbart initierade livsuppehållande medicinska åtgärder. Det finns inget mer vi kan göra för din dotter! Det finns gränser för våra medicinska alternativ för denna allvarliga hjärnskada. Till skillnad från huvudskadorna förblev hennes dotters organ oskadd och kunde vara till stor hjälp för andra allvarligt sjuka människor och möjligen förlänga sina liv under en begränsad tid. "Läkaren talar de sista orden noggrant och med låg röst.

Mühsam überhaupt solche Gedanken zu erfassen, fragt der Vater in seinem Seelenschmerz den Arzt - „Gibt es keine Hoffnung für unsere Tochter? Ist ihr Leben nicht zu retten? Sind die medizinischen Möglichkeiten am Ende? Welche Entscheidung soll ich dann dem Tod entreißen?" Die Worte des Arztes kommen wie aus einem fremden Raum. „Es ist eine Hilfe für sehr kranke Menschen. Mit den Organen ihrer Tochter geben sie ihnen wieder Hoffnung, von ihrer Krankheit möglicherweise geheilt zu werden, um für eine befristete Zeit noch leben zu können." Nun völlig verzweifelt, fragt sich der Vater, und wendet sich dabei hilfesuchend an den Arzt. „Ist unsere Tochter nun tot oder ist sie es nicht? Und was meinen sie mit ihrer Frage wirklich? Wie soll es möglich sein, dass die Organe unserer Tochter anderen Menschen helfen können? Oder ist unsere Tochter nicht wirklich tot?" Der Arzt wendet sich an den Vater und schüttelt nur mit dem Kopf. „Ihre Fragen sind nicht so einfach, um sie schnell beantworten zu können. Ich sagte es bereits, bei der Schwere der Verletzung ihrer Tochter sind den ärztlichen und medizinischen Möglichkeiten Grenzen gesetzt." Was soll ich in meiner jetzigen Situation von solchen Worten halten? Wie soll ich eine Entscheidung treffen, wenn ich auf meine Fragen keine Antworten bekomme, denkt der Vater nun völlig entsetzt. Der lebende Körper unserer Tochter ist doch nicht ein Sack voller gesunder und verwendungsfähiger Organe? Oder sieht der Arzt unsere Tochter nur noch so? Und was ist dann eigentlich Leben und was ist Tod? Der lebendige Körper unserer Tochter ist doch, trotz der Verletzung ihres Gehirns, ein hochkomplexes System, das viele Subsysteme nach wie vor aufrechterhält. Ich spüre doch die Wärme ihres Körpers und ihren Kampf mit dem Tod, den sie besiegen will. Mit ganzer Kraft fühlt er die Gedanken seiner Tochter und ihre schmerzhaften und angstvollen Hilfeschreie. Warum wollt ihr meinen Körper? Ich will leben - ich will leben, Papa! Ich will bei euch sein! Lasst mich nicht allein in eine andere Welt gehen! Bei diesen Gedanken fällt es dem Vater sehr schwer, nicht seinen Verstand zu verlieren.

Svårt att alls fatta sådana tankar frågar fadern läkaren i sin värkande själ - "Finns det inget hopp för vår dotter? Kan inte hennes liv räddas? Är de medicinska alternativen slut? Vilket beslut ska jag då avbryta från döden? "Läkarens ord kommer som från ett konstigt rum. "Det är en hjälp för mycket sjuka människor. Med deras dotters organ ger de dem hopp igen att de kan botas av sin sjukdom så att de fortfarande kan leva under en begränsad tid. "Nu helt desperat frågar fadern sig själv och vänder sig till läkaren om hjälp . "Är vår dotter död eller är hon inte? Och vad menar du egentligen med din fråga? Hur kan det vara möjligt att vår dotters organ kan hjälpa andra människor? Eller är inte vår dotter riktigt död? "Läkaren vänder sig mot fadern och skakar bara på huvudet. "Dina frågor är inte så enkla att svara snabbt. Som jag sa tidigare har svårigheten för din dotters skada begränsat de medicinska och medicinska möjligheterna. "Vad ska jag tänka på sådana ord i min nuvarande situation? Hur ska jag fatta ett beslut om jag inte får några svar på mina frågor, tycker fadern helt förskräckt. Vår dotters levande kropp är inte en säck full av friska och användbara organ, eller hur? Eller ser läkaren bara vår dotter på det sättet? Vad är då livet och vad är döden? Vår dotter levande kropp, trots hjärnskadorna, är ett mycket komplext system som fortfarande upprätthåller många delsystem. Jag känner värmen i hennes kropp och hennes kamp med döden, som hon vill besegra. Med all sin kraft känner han tankarna från sin dotter och hennes smärtsamma och rädda rop om hjälp. Varför vill du ha min kropp? Jag vill leva - jag vill leva, pappa! Jag vill vara med dig! Lämna mig inte ensam i en annan värld! Med dessa tankar är det mycket svårt för fadern att inte tappa sinnet.

Warum soll unsere Tochter nicht mehr am Leben bleiben, nur weil man für eine bestimmte Zeit dem Körper medizinisch helfen soll, die schwere Verletzung wieder zu heilen? Was wissen wir schon von unserem Gehirn und seinen Fähigkeiten sich selbst zu organisieren. Wir müssen solchen Genesungsprozessen nur die erforderliche Zeit, Geduld und Hilfe geben. Zählt nur und ausnahmslos der kranke Mensch der ein Organ braucht und nicht der kranke Mensch, der auch wieder gesund werden will und könnte, wenn man sich um ihn bemühen würde? Sollen wir mit den Organen unserer Tochter einem anderen Menschen Hoffnung geben, wenn wir dabei unsere Tochter in eine andere Welt verbannen müssen, in die sie nicht will und in die wir ihr nicht folgen können? Hat nur der leidende Mensch, der ein Organ benötigt, das Recht auf Leben? Muss unsere Tochter sterben, damit ein anderer Mensch leben kann? Obwohl sie eigentlich nicht tot ist und auch leben könnte? Wie völlig gefühllos muss man sein die Eltern, noch dazu in so einer furchtbaren Situation, in der die Tochter um ihr Leben kämpft zu fragen, ob sie der Organe wegen zulassen wollen, dass ihrem Kind die Hoffnung auf Leben genommen wird? Was wäre das für eine krankhafte Moral? Und wo bleibt dabei die Achtung vor dem Leben und der Würde des Menschen? Ganz gleich um wessen Leben es sich dabei handelt. Beide schwer kranke Menschen haben doch ein Recht auf Leben! Wie können sie uns in dieser, für uns sehr schwer zu ertragenden Situation fragen, ob wir die Organe unserer Tochter spenden wollen? Dorothea ist doch kein Zweck oder eine Sache für uns Eltern! Sie ist unsere Tochter, die wir lieben und nicht verlieren wollen! Es ist für uns schon unerträglich zu sehen wie sie hier auf dem Krankenbett liegt und leiden muss und um ihr Leben kämpft. Sollen wir vielleicht auch noch zulassen, dass man ihr bei lebendigem Leib die Organe herausschneidet und uns danach den verbleibenden Rest zur Beerdigung aushändigt?

Varför skulle inte vår dotter förbli vid liv bara för att kroppen skulle få hjälp medicinskt under en viss tid för att läka den allvarliga skadan? Vad vet vi redan om vår hjärna och dess förmåga att organisera sig. Vi behöver bara ge sådana återhämtningsprocesser den tid, tålamod och hjälp som krävs. Räknar den sjuka som behöver ett organ bara och utan undantag och inte den sjuka som vill och kan bli frisk igen om man skulle försöka hjälpa dem? Ska vi ge hopp till en annan person med vår dotters organ om vi måste förvisa vår dotter till en annan värld, i vilken hon inte vill och i vilken vi inte kan följa henne? Är det bara den lidande som behöver ett organ som har rätt till liv? Måste vår dotter dö så att en annan person kan leva? Även om hon faktiskt inte är död och också kan leva? Hur helt otrevlig måste föräldrarna vara, särskilt i en så hemsk situation där dottern kämpar för sitt liv för att fråga om de vill låta deras barns organ tappa hopp om livet? Vilken typ av sjuklig moral skulle det vara? Och var är respekt för livet och mänsklig värdighet? Oavsett vems liv det är. Båda allvarligt sjuka människor har rätt till liv! I den här situationen, som är mycket svår för oss att uthärda, hur kan du fråga oss om vi vill donera vår dotters organ? Dorothea är inte ett syfte eller en sak för oss föräldrar! Hon är vår dotter som vi älskar och inte vill förlora! Det är redan outhärdligt för oss att se hur hon ligger här på sjuksängen och måste lida och kämpa för sitt liv. Ska vi också tillåta att hennes organ skärs ut medan hon fortfarande lever och sedan överlämnas till oss för begravning?

Für uns Eltern ist doch mit so einer Entscheidung jede Hoffnung auf Rettung unserer Tochter verloren, unwiderbringlich verloren! Oder wie sollen wir das alles verstehen? Wenn wir es in unserer Situation überhaupt begreifen können. Das ist doch völlig abartig! Bei diesen Gedanken muss der Vater an ein Zitat von N. Ostrowski denken:

„Das höchste Gut was der Mensch besitzt ist das Leben, es wird ihm nur ein einziges Mal gegeben ....“

Um wessen Leben geht es dem Arzt eigentlich? Fragt sich der Vater nun völlig verzweifelt. Wenn für alle Menschen das Leben das höchste Gut sein soll, so könnte eine Organspende und das meint der Arzt sicherlich, ein hilfreicher Weg sein, einem kranken Menschen für eine begrenzte Zeit das Leben zu erhalten. Aber warum sollen wir die Organe unserer Tochter dafür spenden, wenn sie noch lebt und vielleicht gerettet werden könnte, wenn man sich intensiv bemühen würde. Und wenn das Leben jedes Menschen so unersetzbar ist, warum lassen wir es zu, dass in der gleichen Zeit, in der eine Organtransplantation durchgeführt werden soll, viele Kinder auf unserer Erde qualvoll und unter entsetzlichem Leiden verhungern müssen. Um Gottes Willen - warum? Diese Kinder haben auch ein leidendes Organ, ihren Magen. Der vor Schmerzen schreit, aber nicht weil er krank ist, sondern weil er nur etwas zu Essen braucht, um wieder gesund zu werden. Ist das Leben als höchstes Gut nur für eine bestimmte Klasse Menschen vorgesehen? Gehören Kinder und sehr schwer verletzte Men- schen, von denen man eigentlich nur ihre Organe benötigt, in eine andere Klasse? Und sind sie weniger lebenswert? Sind uns Kinder mit ihren flehenden Blicken, ihren schon greisenhaft wirkendem Gesicht, das die unsäglichen Leiden und die Angst vor dem Hungertod schon nicht mehr aufnehmen kann, so gleichgültig? Sind wir schon so weit, dass wir das Leben einteilen in lebenswert und nicht lebenswert?

För oss föräldrar, med ett sådant beslut, är allt hopp om att rädda vår dotter förlorat, oåterkalleligt förlorat! Eller hur ska vi förstå allt detta? Om vi ens kan förstå det i vår situation. Det är helt onormalt! Med dessa tankar måste fadern tänka på ett citat från N. Ostrowski:

> "Det högsta goda som människan besitter är livet, det ges bara en gång ..."

Vems liv är läkaren faktiskt intresserad av? Fadern undrar nu i förtvivlan. Om livet ska vara det högsta godet för alla människor kan en organdonation, och det är vad läkaren verkligen tycker, vara ett bra sätt att bevara livet för en sjuk person under en begränsad tid. Men varför ska vi donera vår dotters organ för detta, när hon fortfarande lever och kanske kan räddas om man försöker hårt. Och om varje människas liv är så oersättligt, varför tillåter vi många barn på vår planet att svälta ihjäl i ångest och lidande samtidigt som en organtransplantation ska utföras. För Guds skull - varför? Dessa barn har också ett lidande organ, magen. Vem skriker av smärta, inte för att han är sjuk, utan för att han bara behöver något att äta för att bli frisk igen. Är livet som det högsta godet endast avsett för en viss klass av människor? Tillhör barn och mycket allvarligt skadade, vars organ egentligen bara behövs, i en annan klass? Och är de mindre värda att bo i? Är vi barn så likgiltiga för oss barn med deras vädjande utseende, deras redan senila utseende, som inte längre kan absorbera det otydliga lidandet och rädslan för svält? Är vi redan så långt att vi delar upp livet i värt att leva och inte värt att leva?

Teilen wir den Tod ein in tot und eigentlich nicht ganz tot? Sind wir dann beim Eintritt des Todes eine Sache und bei nicht ganz tot ein Körper dessen Organe nur noch einem Zweck dienen sollen? Wollen wir das wirklich so? Oder lassen wir den Menschen, so die Zeit dafür gekommen ist, in Ruhe und Frieden, ohne dass er Schaden an seiner Seele nimmt, in eine andere Welt gehen? Am Krankenbett seines Kindes kniend, ist der Vater am Ende seiner Kraft. Nun soll er, in der Stunde seiner schwersten seelischen Not eine Entscheidung treffen, dass ihr bei lebendigem Leibe ihre Organe entnommen werden sollen. Es ist für seine Tochter schon entsetzlich schlimm, ihres jungen Lebens gewaltsam beraubt zu sein, keine Familie gründen zu können und ein glückliches Leben zu führen. Die Seele seiner Tochter lässt er nicht auch noch zu Schaden kommen!

Sein Bewusstsein meldet sich mit leiser Stimme: „Welchen Nutzen hätte der Mensch, wenn er die ganze Welt gewönne und verliere sich selbst oder nehme Schaden an seiner Seele" (Jesus von Nazareth, Lucasevangelium 9,25; Matthäusevangelium 16,20).

Die Antwort des Vaters ist leise aber bestimmt. „Nein! Wir Eltern werden nicht zulassen, dass unsere Tochter getötet wird!" Ein sehnsüchtiger Schrei bahnt sich seinen Weg durch die unendlichen Weiten des Universums und sucht die Eltern, Geschwister und Freunde, die noch für eine Weile auf der Erde bleiben müssen.

Sprich nicht voller Kummer von meinem Weggehen, sondern schließe deine Augen, und du wirst mich unter euch sehen,

jetzt und immer.

Khalil Gibran

Delar vi upp döden i döda och faktiskt inte riktigt döda? Är vi då en sak när döden inträffar, och när vi inte är helt döda är vi en kropp vars organ bara ska tjäna ett syfte? Är det verkligen så vi vill ha det? Eller låter vi människor, när det är dags, i lugn och ro, utan att skada deras själ, gå till en annan värld? Knäböjer vid sitt barns säng, och fadern är i slutet av sin styrka. Nu, i den stund som hans största känslomässiga nöd är, ska han fatta ett beslut att hennes organ ska tas bort från hennes levande kropp. Det är hemskt för hans dotter att med våld rånas av sitt unga liv, att inte kunna starta en familj och att leva ett lyckligt liv. Han låter inte sin dotters själ skadas också!

Hans medvetande tillkännager sig med låg röst: "Vilken nytta skulle en person ha om han kunde vinna hela världen och förlora sig själv eller drabbas av skada på sin själ" (Jesus från Nasaret, Lucasevangeliet 9.25; Matteusevangeliet 16.20)

Faderns svar är tyst men bestämt. "Nej! Vi föräldrar tillåter inte att vår dotter dödas! "Ett sorgligt rop tar sig igenom universums oändliga vidder och söker efter föräldrar, syskon och vänner som måste stanna på jorden ett tag.

"Tala inte bedrövligt om min avgång, utan stäng dina ögon så ser du mig bland dig, nu och alltid."

Khalil Gibran

Die Trauer ist wie der Tod

*Beim Abschiednehmen kommt ein Moment, in dem man die
Trauer so stark vorausfühlt, dass der geliebte Mensch schon
nicht mehr bei einem ist.*

Arthur Schopenhauer

*Doch fühle ich deine Rufe und deinen Schmerz, wenn ich wie leblos
in mir ruhe. Welcher Schmerz in diesem Leben voll Trübsal
ist größer, als die nicht erfüllte Sehnsucht die weint und
nicht ruhen will.*

Dietmar Dressel

Die Gedanken die sie suchen, ihre Seele die nach ihr ruft und ihr Herz, das sich so sehr nach ihr sehnt, lassen die Eltern nicht zur Ruhe kommen. Einsam und still ist es in ihrer Nähe geworden. Die Grabesstille durchweht wie ein nicht enden wollender schrecklicher Alptraum ihre Umgebung. Alles in ihrem Haus ruft nach der Tochter. Ihr Kinderzimmer fühlt sich verlassen und krank vor Sehnsucht nach ihrem unbeschwerten Lachen, nach der Fröhlichkeit und ihrer Lebensfreude. Überall an den Plätzen die sie liebte, sind sie auf der Suche nach ihr und finden doch nur Einsamkeit und unendliche Leere. Wo bist du? Wo können wir dich finden? Denken unentwegt die Eltern. Und wie ein Echo durcheilen auch die Hilfeschreie der Tochter nach dem Vater, der Mutter und der Schwester die Grenzenlosigkeit des Universums. Die Rufe versuchen das Einsamkeitsgefühl und die Leere zu verdrängen - vergebens! Ungewollt und gewaltsam wird die Tochter in eine andere Welt geschickt und kann die Eltern nicht mehr erreichen. Wie soll sie sich in der Einsamkeit und in der unendlichen Weite zurechtfinden?

Sorgen är som döden

När du säger adjö kommer en stund när du känner sorgen så starkt att den älskade gör är inte längre med dig.

Arthur Schopenhauer

Men jag känner dina samtal och din smärta när jag vilar som livlös i mig. Vilken smärta i detta trängselliv är större än den ofyllda längtan som gråter och vill inte vila.

Dietmar Dressel

De tankar som de letar efter, deras själ som efterlyser henne och deras hjärta som längtar efter henne så mycket låter inte föräldrarna vila. Det har blivit ensamt och tyst kring henne. Den allvarliga tystnaden genomsyrar omgivningen som en oändlig, fruktansvärd mardröm. Allt i hennes hus kräver dottern. Ditt barns rum känns övergiven och sjuk med längtan efter hennes bekymmerslösa leende, efter livsglädje och glädje. Överallt på de platser hon älskade letar de efter henne och ändå hittar de bara ensamhet och oändlig tomhet. Var är du? Var hittar vi dig Föräldrar fortsätter att tänka. Och dottern ropar på hjälp till far, mor och syster rusar genom universums gränslöshet som ett eko. Samtalet försöker undertrycka känslan av ensamhet och tomhet - förgäves! Dottern skickas omedvetet och våldsamt till en annan värld och kan inte längre nå sina föräldrar. Hur ska hon hitta sin väg i ensamhet och i det oändliga rummet?

Wie soll sie wieder die Wärme, Liebe und Geborgenheit der Eltern fühlen, nach der sie sich so sehr sehnt? Wo sind die Stunden, Tage, Jahre, als ihr gemeinsamer Weg noch mit ihren Herzen verbunden war? Wie gelähmt, wie betäubt und wie benommen bewegen sich die Gedanken des Vaters, der Mutter und der Schwester auf der Suche nach einer Antwort. Alles ist so unwirklich und ohne Halt. Die Seele windet sich im Kummer und Schmerz und will sich nicht be- sänftigen lassen. Sie bäumt sich auf und versucht mit ihren Hilferufen die Tochter zu finden. Alle diese Mühen, sie sind verge- bens. Es fällt ihnen so unsagbar schwer, die Einsamkeit zu ertra- gen. Sie gräbt sich ein wie ein nagendes Gespenst und lässt sich nicht mehr abschütteln. Es gibt nichts, was ihnen ihre Abwesenheit ersetzen kann und sie versuchen es auch nicht. Sie irren sich, wenn sie meinen Gott würde die Lücke ausfüllen können, um ihnen in dieser Zeit Kraft und Zuversicht zu geben. Er tut es nicht! Er hält sie unausgefüllt und hilft ihnen dadurch, ihre enge Verbundenheit mit der Tochter zu bewahren. Die Dankbarkeit der Eltern für die gemeinsame Zeit mit ihrer Tochter verwandelt die Qualen der Er- innerung in eine stille Freude und in ein kostbares Geschenk. Leise und mutlos fragen sich die Eltern oft, werden wir einmal wieder leben können wie in den frü-heren Jahren? Wird unser Lachen wieder durch die gemeinsamen Räume seinen Weg suchen? Wo- hin sollen wir den Schmerz legen und wie und wo sollen wir die Last der Qualen aufbewahren? Denn ein Seelenschmerz dieser Art vergeht nicht und lässt auch nicht nach oder doch? Nein! Er hält sie fest und lässt sie nicht mehr los. Er dringt tief in das Herz der Eltern ein und fesselt sich unlösbar an ihr Leben und ihre Seele. Er wird wohl erst dann vergehen, wenn sie beide in eine andere Welt gehen. Am Ende werden es die Leiden, Mühen und die Liebe zu ihr sein, die die Zeit ohne sie wesentlich macht, die ihr das Gewicht und die Tiefe geben. Der Vater erinnert sich an die Geburt der Tochter. Damals haben sie, die glücklichen Eltern, die Freude und die Liebe in sie hineingebettet.

Hur ska hon känna värmen, kärleken och tryggheten hos sina föräldrar igen, som hon längtar så mycket efter? Var är timmarna, dagarna, åren då deras gemensamma väg fortfarande var kopplad till deras hjärtan? Som om de är förlamade, bedövade och förvirrade rör sig farens, mammans och systers tankar på jakt efter ett svar. Allt är så overkligt och utan stöd. Själen vrider sig i sorg och smärta och vill inte blidas. Hon står upp och försöker hitta dottern med sitt rop om hjälp. Alla dessa problem är förgäves. Det är så oerhört svårt för dem att uthärda ensamheten. Det gräver in som ett gnagande spöke och kan inte längre skakas av. Det finns inget som kan kompensera för deras frånvaro, och de försöker inte heller. De har fel om de kunde fylla min Gud i klyftan för att ge dem styrka och självförtroende under denna tid. Han gör det inte! Han håller dem tomma och hjälper dem därmed att upprätthålla sitt nära band med dottern. Föräldrarnas tacksamhet för tiden tillsammans med sin dotter förvandlar minnesplågorna till en tyst glädje och en dyrbar gåva. Tyst och avskräckt, frågar föräldrar sig ofta, kommer vi att kunna leva igen som vi gjorde tidigare år? Kommer vårt skratt att hitta igenom de gemensamma utrymmena igen? Var ska vi lägga smärta och hur och var ska vi hålla bördan med plågor? Eftersom själsmärta av detta slag inte försvinner och inte avtar, eller gör det? Nej! Han håller henne hårt och släpper inte henne. Det tränger djupt in i föräldrarnas hjärta och är oupplösligt kopplat till deras liv och själ. Det kommer förmodligen bara att passera när ni båda åker till en annan värld. I slutändan kommer det att bli lidandet, slitet och kärleken för henne som gör att tiden är nödvändig utan henne, som ger den vikt och djup. Fadern kommer ihåg dotternas födelse. Vid den tiden inbäddade de, de lyckliga föräldrarna, glädje och kärlek i dem.

Ist es nicht verständlich, dass ihnen das Leben versucht zu entgleiten, weil sie ihnen genommen wurde? Sie war – nein, sie ist ein Teil von ihnen, ihres Lebens und ihrer Seele. Wie sollen sie weiterleben – ohne sie?

Die Freunde, die Kollegen und die Nachbarn halten mit gut gemeinten Ratschlägen nicht zurück. Ihr müsst loslassen! Ihr könnt es ja sowieso nicht ändern und - das Leben geht doch weiter und bleibt nicht stehen! Lenkt euch ab! Stürzt euch in die Arbeit. Sagen sie! Ihr müsst Abstand gewinnen und an euch selbst und an die Zukunft von euch denken. Eure Tochter könnt ihr ja doch nicht mehr zurückholen. Als hätte das alles irgendeinen Sinn und könnte die Trauer und den Schmerz der Eltern verdrängen. Vielleicht bewundern sie das eine oder andere Mal die Trauernden, wenn sie sich von der schweren Last des Kummers und der Verzweiflung nicht zu Boden drücken lassen. Sie sich beherrschen oder manchmal auch ein Lächeln zeigen. Sie meinen, mit der Trauer sei alles überstanden und der Alltag des Lebens kehrt wieder ein. Sie werden schon darüber hinwegkommen. Behaupten sie! Das ist sicherlich liebevoll und ratsam gemeint, nur ist es schrecklich ahnungslos. Wollen sie an dieser Stelle verharren vor der sie stehen, und wo die Tochter sie verlassen musste? An der finsteren Grenze zwischen den zwei Welten? Finden sie hier den Mut und die Kraft, um weiter zu leben? Trauernde haben es heute besonders schwer, die Zeit des Leides zu bewältigen. Unaufhörlich hören sie, was auf dieser Welt täglich für schreckliche und grausame Sachen geschehen. Menschen die vom Unglück heimgesucht werden und die Angst und ihr Schicksal, die keinen zur Ruhe kommen lassen. Wie können die Trauernden darauf reagieren? Schnell vergessen! Ablenken! Alles verdrängen und in möglichst unauffindbare, geistige Kammern verräumen! So erwartet man das wohl von den Betroffenen. Die Freunde reden mit ihnen über fast alles, nur nicht über das schreckliche Ereignis - den Tod ihrer Tochter.

Är det inte förståeligt att livet försöker glida bort från dem eftersom det har tagits från dem? Hon var - nej, hon är en del av dig, ditt liv och din själ. Hur ska de fortsätta att leva - utan dem?

Vänner, kollegor och grannar håller inte tillbaka med välmenande råd. Du måste släppa taget! Du kan inte ändra det ändå och - livet fortsätter och slutar inte! Distrahera er! Hoppa till jobbet. Säg det! Du måste få avstånd och tänka på dig själv och framtiden för dig själv. Du kan trots allt inte få tillbaka din dotter. Som om allt var vettigt och kunde undertrycka föräldrarnas sorg och smärta. Kanske beundrar de någon gång sorgarna när de inte låter den tunga bördan av sorg och förtvivlan hålla dem ner. Du kontrollerar dig själv eller ibland till och med le De tror att allt är över med sorgen och att vardagen återvänder. Du kommer över det. De hävdar! Det är verkligen menat kärleksfullt och tillrådligt, bara det är fruktansvärt clueless. Vill du stanna vid den punkt du står framför och där dottern var tvungen att lämna dig? På den mörka gränsen mellan de två världarna? Hitta du modet och styrkan här att leva på? Det är särskilt svårt för sorgarna idag att klara lidandets tid. De hör oavbrutet vilka hemska och grymma saker som händer varje dag i denna värld. Människor som hemsöks av olycka och rädslan och deras öde som inte tillåter någon att slappna av. Hur kan sorgarna svara på detta? Glöm snabbt! Distrahera! Byt ut allt och lägg det i mentalkamrar som är lika omöjliga att hitta! Detta är vad du förväntar dig av de drabbade. Vännerna pratar med dem om nästan allt, bara inte om den fruktansvärda händelsen - dotterns död.

Bloß nicht daran rühren! Denken sie. Was hilft ihnen? Schmerz und Kummer im Rausch abtöten? Aus dem Haus flüchten oder sich in der Unendlichkeit des Lebens verstecken? Nein! Mit ihrer Seele weinen, weil sie ohne ihrer Tochter sind und sich ihr Herz in Krämpfen windet, mehr als irgend eine Mutter oder ein Vater ermessen kann über das Unrecht, das sie getroffen hat, ja! Wütend sein! Schreien, auch wenn es jemand hört oder sieht. Mit Gott hadern, der das zugelassen hat! Still sein, wenn sie das Gefühl haben, andere können sie nicht verstehen! Ruhe suchen, wenn sie zu müde sind zu reden oder wenn sie sich schuldig fühlen!

Eines Tages wird es vielleicht nicht mehr so wichtig sein zu weinen oder zu schreien, aber jetzt ist es gut für sie. Und jetzt soll es ihnen auch niemand nehmen.

Weglaufen nützt nichts! Wo sollen sie auch hin? Sich im Alkohol ertränken nützt nichts, das Erwachen ist umso schrecklicher. Ob irgendwann einmal wieder die Sonne für sie scheinen wird, wissen sie nicht. Sie sind in ihrem Haus, in dem sie die Tochter beschützten. Ein Haus, das aus ihnen gemeinsam bestand. Nun ist sie nicht mehr hier. Der gewaltsame Tod hat sie in eine andere Welt geschickt, in die ihr zu folgen, ihnen noch verwehrt ist.

An einem Tag, an dem sich die Sonne mit ganzer Kraft einen kleinen Weg durch den dunklen, wolkenverhangenen Himmel sucht, erblicken sie beim Spazierengehen einen kleinen Regenbogen, der sich farbenprächtig bemüht, seinen bunten Bogen zu zeigen. Wie eine Brücke lädt er ein zum Hin- und Hergehen. Hinüber und herüber, einfach so des Gehens wegen. Ihre Trauer ist so ein Wandern. Hinüber, dorthin wo die Tochter gehen musste und zurück, wo sie mit ihr waren. All die Jahre des gemeinsamen Lebens. Dieses Hin - und Hergehen ist für sie wichtig! Die Erinnerungen bleiben für sie wach und führen sie im Geist wieder mit ihr zusammen - immer wieder!

Rör bara inte vid det! De tror. Vad hjälper dig? Döda smärta och sorg medan du är berusad? Fly från huset eller göm dig i livets oändlighet? Nej! Gråt med deras själar för att vara utan sin dotter och deras hjärtan kramar sig i kramper mer än någon mor eller far kan döma om den orättvisa som har slagit dem, ja! Att vara rasande! Skrik, även när någon hör eller ser det. Att gräla med Gud som tillät detta! Var tyst om du känner att andra inte kan förstå dig! Sök lugn när du är för trött för att prata eller när du känner dig skyldig!

En dag kan gråta eller skrika inte spela så mycket, men nu är det bra för henne. Och nu ska ingen ta bort det från dem.

Att springa bort är ingen nytta! Vart ska de gå? Att drunkna i alkohol är värdelös, uppvaknande är desto mer hemskt. De vet inte om solen kommer att skina för dem igen en dag. De är i sitt hus där de skyddade sin dotter. Ett hus som består av dem tillsammans. Nu är hon inte längre här. Våldsamma döden har skickat henne in i en annan värld, där hon fortfarande inte får följa henne.

En dag då solen letar efter en liten väg genom den mörka, molntäckta himlen med all sin kraft, medan du går ser du en liten regnbåge som försöker visa sin färgglada båge. Som en bro inbjuder den dig att gå fram och tillbaka. Om och om igen, bara för att gå. Din sorg är en sådan vandring. Över till där dottern var tvungen att gå och tillbaka till där de var med henne. Alla år av livet tillsammans. Att gå fram och tillbaka är viktigt för dem! Minnena är vakna för henne och samlar henne igen i andan - om och om igen!

Der Schrei der Eltern nach ihrer Tochter ist wie unerfüllte Sehnsucht. Ihr Herz bäumt sich auf unter der Last der Not und ruft sie zurück! Sie dürfen das, aber es heilt nicht wirklich. Sie müssen wohl ihren Weg auf dieser Erde so gehen, dass sie ihrer Tochter nachgehen können. Das der Gang zu ihr sie näher führt und auch die Tochter die Eltern finden kann. Und sie müssen sich darauf vorbereiten, sie zu treffen, wenn sie zu ihr kommen wollen. Oder wollen sie jetzt zu ihr und nicht erst wenn Gott sie ruft? Der Wunsch zu gehen zerrt mit ungezügelter Kraft eines Dämons an ihrer Seele und die Liebe und die Sehnsucht nach ihr greifen mit ganzer Kraft nach ihren Herzen. Schwer ist es für die Eltern, dieser Versuchung nicht zu erliegen. Die Trauer ist wie der Tod selbst. Und ist es denn feige, wenn sie sich wünschen daheim zu sein, dort wo sie ist? Oder müssen sie auf dieser Welt erst zu Ende reifen? Dafür wäre es für die Eltern gut, noch eine Weile zu bleiben, bis der Tag wieder Licht und Sonne hat. Denn hier soll doch entstehen, was als Sinn und Wert in ihrem Leben gelten wird und das alles ein Ziel hat.

Eng umschlungen am Grab ihrer Tochter stehend, fragen sich die Eltern, werden wir unsere Tochter wiedersehen? Beide glauben und fühlen das fest mit ihren Herzen und ihrer Seele, und - sie werden sie finden!

Föräldrarnas rop om sin dotter är som ofylld längtan. Hennes hjärta räcker upp under tyngden av behov och ringer henne tillbaka! Du kan, men det läker inte riktigt. De måste gå sin väg på den här jorden på ett sådant sätt att de kan följa sin dotter. Att promenaden till henne leder henne närmare och att dottern också kan hitta sina föräldrar. Och du måste förbereda dig för att träffa henne om du vill komma till henne. Eller vill du gå till henne nu och inte bara när Gud kallar dig? Lusten att lämna bogserbåtar i hennes själ med den obegränsade styrkan hos en demon och kärlek och längtan efter henne fattar hennes hjärta med all sin kraft. Det är svårt för föräldrar att inte ge efter för denna frestelse. Sorg är som själva döden, och är det feg om du vill vara hemma, var den är? Eller måste de mogna i den här världen först? Men det skulle vara bra för föräldrarna att stanna ett tag tills dagen har fått ljus och sol igen. För det är här saker bör uppstå som kommer att betraktas som meningsfulla och värde i deras liv och som alla har ett mål.

Föräldrarna står vid sin dotters grav och undrar om vi får se vår dotter igen? Båda tror och känner detta fast med sina hjärtan och de kommer att hitta dem!

Der Autor

Es kommt die Zeit, da rückt das 65. Lebensjahr in greifbare Nähe - endlich - denkt man erleichtert - in Pension. Soweit so gut! Es dauert nicht lang, und man feiert im Kreise der Familie den 66. Geburtstag und stellt dabei mit zunehmender Ungeduld fest, dass so ein Tag, mit seinen 24 Stunden, ziemlich lang sein kann.

Familie, Enkelkinder, Faulenzen, Reisen und gelegentliche botanische Experimente bei der Gartenarbeit reichen nicht mehr aus, um den Tag ein interessantes Gesicht zu geben - was tun? An dieser Frage kommt man nicht mehr vorbei, möchte man nicht den Rest seines Lebens auf der Couch und vorm Fernseher verdösen. Warum, so fragte ich mich, die vielen Gedanken und Ideen, die sich im Laufe eines Lebens gesammelt haben überdenken und - so möglich, schriftlich verarbeiten. Kaum sind solche Gedanken zu Ende gedacht, entwickelt sich dafür die notwendige Initiative - ein Literaturstudium muss her, denkt sich der Kopf, ohne an den Körper zu denken, der ist ja bereits 66 Jahre alt. Diese drei Studienjahre waren es, die mir zeigten, dass das kreative Schreiben kein dunkles Geheimnis bleiben muss, so man sich bemüht es zu lüften. Und noch etwas half mir sehr, das Schreiben ernsthaft anzupacken - das geistige in sich "Hineinhören" um mit dem Bewusstsein und seiner inneren Stimme Gespräche zu suchen. Viele meiner Bekannten und Leser fragen mich, wie machst du das, in so kurzer Zeit so viele Bücher zu schreiben? Ehrlich gesagt, ich kann mir diese scheinbar einfache Frage nicht mal selbst beantworten. Ich glaube, es ist meine innere Stimme, die ständig mit mir diskutieren möchte. Und so fließen die Gedanken, wie von Geisterhand gelenkt, schon fast von allein in die Tastatur meines Computers.

Meiner Frau, meinen Kindern und Enkelkindern habe ich viel zu verdanken. Sie geben mir die Kraft und die Ruhe um zu schreiben. Und das ist es, natürlich nicht nur, was meine Gedanken, mein Bewusstsein und mein Weltbild nachhaltig so wohltuend inhaltsreich beeinflusst.

Das, was ich schreibe ist möglicherweise nicht immer leicht zu verdauen, soll auch nicht so sein. Ich möchte auch nicht der "Besserwisser" sein, oder Derjenige, der alles richtig und wahrhaftig beurteilt. Beileibe nicht - wirklich nicht, ganz ernstlich!!! Wenn es mir in meinen Romanen mit seinen unterschiedlichen Themen und Inhalten gelänge Nachdenklichkeit zu wecken, aus der sich möglicherweise Fragen entwickeln, wäre ich ein glücklicher Schreiberling und Autor.

Timon och hans äventyr: Barnbok Schwedisch

Djur spelar en viktig roll i dessa fascinerande och tankeväckande berättelser. Mycket förvånad över att djuren kan tänka och prata, Timon har spännande äventyr med flugan Liesa, biet Susa och björnen Billy. Han räddar sin flickvän Liesa från svält. Biet Susi kämpar med sin vän Lisa och Timon om ett sårat bi som bara kan komma undan onda människor med den sista styrkan. Till-sammans med sin flickvän Lisa och björnen Billy räddar de en familj av björnar från den fruktansvärda och smärtsamma torty-ren av skrupelfria poachers.

Tiere spielen eine wichtige Rolle in diesen faszinierenden und zum Nachdenken anregenden Geschichten. Sehr überrascht, dass die Tiere denken und sprechen können, hat Timon aufregende Aben-teuer mit der Fliege Liesa, der Biene Susa und dem Bären Billy.

Er rettet seine Freundin Liesa vor dem Hunger. Die Biene Susi kämpft mit ihrer Freundin Lisa und Timon um eine verletzte Bie-ne, die bösen Menschen nur mit letzter Kraft entkommen kann. Zusammen mit ihrer Freundin Lisa und dem Bären Billy retten sie eine Bärenfamilie vor der schrecklichen und schmerzhaften Folter skrupelloser Wilderer.

Aforismer och citat - Svenska und Deutsch

Selbstkritisch gesagt meine ich, dass viele Zitate und Lebensweis-heiten darauf abzielen, die eigene und selbst vorgelebte Verhal-tensweise zu reflektieren. So soll durch einen aphoristisch griffigen Spruch die eigene Reflexionsfähigkeit möglicherweise angeregt werden.

Was ist so wichtig im Leben? Was zählt für den einzel-nen Men-schen wirklich? Diese Fragen sind oft von Bedeutung. Die nachfol-genden Zitate und Lebensweisheiten finden sie alle in meinen sechsundsiebzig veröffentlichten Romanen.
....

När jag talar självkritiskt menar jag att många citat och visdomar syftar till att återspegla sitt eget och självexemplerade beteende.

En aforistisk fängslande fras bör möjligen stimulera sin egen förmåga att reflektera. Vad är så viktigt i livet?

Vad räknas verkligen för individen? Dessa frågor är ofta viktiga.

Följande citat och visdomar finns alla i mina sjuttiosex publicerade romaner.